U0072616

溫馨的愛

現代親情散文集

蕭蕭、王若嫻◎主編

【編者的話】◎蕭蕭

要跟天地學，不跟天地比

人的一生，七、八十年，要能健健康康、快快樂樂度過，必須：要跟天地學，不跟天地比。

要跟天地學，要學的事情太多，需要一輩子的努力、體會與行動。

不跟天地比，則是單純的智慧，只要下定決心：不與天比，不與地比，當然也不與人比，自然就知足而快樂。

我們到底要向天地學習什麼？人生最基本的三件事：做人、做事、作文，這三件事都要向天地學習。

以做人來說，要學天寬地闊的胸襟，要學天地的公正無私，學會一絲絲，我們就受用無窮了！或者縮小一些，學習溪水勇往直前的毅力，學習稻穗充實而謙虛的態度，學習螞蟻勤奮、團結的精神，這就是向天地學習啊！

做事方面，做事的態度、方法，醫藥的發達、科學的發明，都是觀察天地、學習天地的結果，想想挖土機與螳螂、雷達與蝙蝠，想想電的發現、蒸汽的力量，不都是大自然的啟發？

至於作文，那更是人內心的情意、觀念、想法，藉由天地之間的風雨雷電、山川草木、蟲魚鳥獸，加以傳達，國文老師告訴我們的「情景交融」就是這個意思。「情」包含我們心中的情緒、情感、意志、想法，別人所不知曉，卻是我們所要傳達給別人知道的；「景」就是天地，就是天地之間、可知可感的萬物，大家所共知的，正是我們要借用的媒介物。所以，作文也要向天地學習。

要跟天地學，不跟天地比

古人常說：父是天，母是地；現在的人強調兩性平權，所以應該說「父母是天，父母是地」，父母是我們的天地。不僅小時候，父母是我們全部的天地，長大以後，父母依然是我們生命最大的依靠、最後的依賴。

支撐天地，會通天地的無形力量，是「愛」。所以，「要跟天地學」，是說我們應該向父母學習她們對子女永遠無私的愛，「不跟天地比」，是說我們對父母的一點孝心，如何能跟父母巨大的愛相比？客家人說：「父母情如長江水，兒女孝似扁擔長。」「娘思子長江水，兒思娘扁擔長。」詩人孟郊說：「誰言寸草心，報得三春暉？」都在告訴我們：父母恩情，像天地春暉，無所不在，無所不包。

繼《溫情的擁抱》（幼獅出版）之後，我特別敦請環球技術學院剛剛獲得教育部親情教學傑出的通識教育教授王若嫻，參與編選此書，仍然是希望所有的學子、父母、師長，能看到多樣化親情的書寫，因而有所感懷與效行。所以，在每篇文章後設計「認識作家」、「作品賞析」、「探索自我」的單元，希望在「閱讀與寫作」上對讀者朋友有所幫助，更希望在「進德與修業」上能觸發反思的作用、精進的作為，才不辜負父母親情這種「與天地同心，與日月同明」，無與倫比的愛。

2010春天　蕭蕭寫於明道大學

目錄

失帽記

◎余光中

2008年的世界有不少重大的變化，其間有得有失。這一年我自己年屆八十，其間也得失互見：得者不少，難以細表，失者不多，卻有一件難過至今。我失去了一頂帽子。

一頂帽子值得那麼難過嗎？當然不值得，如果是一頂普通的帽子，甚至是高價的名牌。但是去年我失去的那頂，不幸失去的那一頂，絕不普通。

帥氣，神氣的帽子我戴過許多頂，頭髮白了稀了之後尤其喜歡戴帽。一頂帥帽遮羞之功，遠超過假髮。邱吉爾和戴高樂同為二戰之英雄，但是戴高樂戴了高帽尤其英雄，所以戴高樂戴高帽而樂之，也所以我從未見過戴高樂不戴高帽。

戴高樂那頂高盧軍帽丟過沒有，我不得而知。我自己好不容易選得合頭的幾頂帥帽，卻無一久留，全都不告而別。其中包括兩頂蘇格蘭呢帽，一頂大概是掉在英國北境某餐廳，另一頂則應遺失在莫斯科某旅館。還有第三頂是在加拿大維多利亞港的布恰花園所購，白底紅字，狀若戴高樂的圓筒鴨舌軍帽而其筒較低；當日戴之招搖過市，風光了一時，後竟不明所終。

一個人一生最容易丟失也丟得最多的，該是帽與傘。其實傘也是一種帽子，雖然不戴在頭上，畢竟也是為遮頭而設，而兩者所以易失，也都是為了主人要出門，所以終於和主人永訣，更都是因為同屬身外之物，一旦離手離頭，幾次轉身就給主人忘了。

帽子有關風流形象。獨孤信出獵暮歸，馳馬入城，其帽微側，吏人慕之，翌晨戴帽盡側。千年之後，納蘭性德的詞集亦稱《側帽》。孟嘉重九登高，風吹落帽，渾然不覺。桓溫命孫盛作文嘲之，孟嘉也作文以答，傳為佳話，更成登高典故。杜甫七律〈九日藍田崔氏莊〉並有「羞將短髮還吹帽，笑倩旁人為正冠」之句。他的〈飲中八仙歌〉更寫飲者的狂態：「張旭三杯著聖傳，脫帽露頂王公前」。儘管如此，失帽卻與風流無關，只和落拓有分。

去年十二月中旬，香港中文大學圖書館為我八秩慶生，舉辦了書刊手稿展覽，並邀我重回沙田去簽書、演講。現場相當熱鬧，用媒體流行的說法，就是所謂人氣頗旺。聯合書院更編印了一冊精美的場刊，圖文並茂地呈現我香港時期十一年，在學府與文壇的各種活動，題名《香港相思——余光中的文學生命》，在現場送給觀眾。典禮由黃國彬教授代表文學院致詞，除了聯合書院馮國培院長、圖書館潘明珠副館長、中文系陳雄根主任等主辦人之外，與會者更包括了昔日的同事盧瑋鑾、張雙慶、楊鍾基等，令我深感溫馨。放眼台下，昔日的高足如黃坤堯、黃秀蓮、樊善標、何杏楓等，如今也已作了老師，各有成就，令人欣慰。

演講的聽眾多為學生，由中學老師帶領而來。講畢照例要簽書，為了促使長龍蠕動得較快，簽名也必須加速。不過今日的粉絲不比往年，索簽的要求高得多了：不但要你簽書、簽筆記本、簽便條、簽書包、簽學生證，還要題上他的名字、他女友的名字，或者一句贈言，當然，日期也不能少。那些名字往往由索簽人即興口述，偏偏中文同音字最多。「什麼whay？恩惠的惠嗎？」「不是的，是智慧的慧。」「也不是，是恩惠的惠加草字頭。」亂軍之中，常常被這麼亂喊口令。不僅如此，一粉絲在桌前索簽，另一粉絲卻在你椅後催你抬頭、停筆、對準眾多相機裡的某一鏡頭，與他合影。笑容尚未收起，而夾縫之中又有第三隻手伸來，要你放下一切，跟他「交手」。

這時你必須全神貫注，以免出錯。你的手上，忽然是握著自己的筆，忽然是他人遞過來的，所以常會掉筆。你想喝茶，卻鞭長莫及。你想脫衣，卻勻不出手。你內急已久，早應洩洪，卻不容你抽身疾退。這時，你真難身外分身，來護筆、護表、護稿，扶杯。主辦人焦待於漩渦之外，不知該縱容或喝止炒熱了的粉絲。

去年底在中文大學演講的那一次，聽眾之盛況不能算怎麼擁擠，但也足以令我窮於應付，心神難專。等到曲終人散，又急於趕赴晚宴，不遑檢視手提包及背袋，代提的主人又川流不息，始終無法定神查看。餐後走到戶外，準備上車，天寒風起，需要戴帽，連忙逐袋尋找。這才發現，我的帽子不見了。

事後幾位主人回去現場，又向接送的車中尋找，都不見帽子蹤影。我存和我，夫妻倆像偵探，合力苦思，最後確見那帽子是在何時，何地，所以應該排除在某地，某時失去的可能，諸如此類過程。機場話別時，我仍不放心，還諄諄囑咐潘明珠、樊善標，如果尋獲，務必寄回高雄給我。半個月後，他們把我因「積重難返」而留下的獎牌、贈書、禮品等等寄到台灣。包裹層層解開，真相揭曉，那頂可憐的帽子，終於是丟定了 。

僅僅為了一頂帽子，無論有多貴或是多罕見，本來也不會令我如此大驚小怪。但是那頂帽子不是我買來的，也不是他人送的，而是我身為人子繼承得來的。那是我父親生前戴過的，後來成了他身後的遺物，我存整理所發現，不忍逕棄，就說動我且戴起來。果然正合我頭，而且款式瀟灑，毛色可親，就一直戴下去了。

那頂帽子呈扁楔形，前低後高，戴在頭上，由後腦斜壓向前額，有優雅的緩緩坡度，大致上可稱貝瑞軟帽（beret），常覆在法國人頭頂。至於毛色，則圓頂部分呈淺陶土色，看來溫暖體貼。四周部分則前窄後寬，織成細密的十字花紋，為淡米黃色。戴在我的頭上，倜儻風流，有歐洲名士的超逸，不只一次贏得研究所女弟子的青睞。但帽內的乾坤，只有我自知冷暖，天氣愈寒，尤其風大，帽內就愈加溫暖，髣髴父親的手掌正護在我頭上，掌心對著腦門。畢竟，同樣的這一頂溫暖曾經覆蓋過父親，如今移愛到我的頭上，恩佑兩代，不愧是父子相傳的忠厚家臣。

回顧自己的前半生，有幸集雙親之愛，才有今日之我。當年父親愛我，應該不遜於母親。但小時我不常在他身邊，始終呵護著我庇佑著我的，甚至在抗戰淪陷區逃難，生死同命的，是母親。呵護之親，操作之勞，用心之苦，凡她力之所及，哪一件沒有為我做過？反之，記憶中父親從來沒打過我，甚至也從未對我疾言厲色，所以絕非什麼嚴父。不過父子之間始終也不親熱。小時他倒是常對我講論聖賢之道，勉勵我要立志立功。長夏的蟬聲裡，倒是有好幾次父子倆坐在一起看書：他靠在躺椅上看《綱鑑易知錄》，我坐在小竹凳上看《三國演義》。冬夜的桐油燈下，他更多次為我啟蒙，苦口婆心引領我進入古文的世界，點醒了我的漢魄唐魂。張良啦，魏徵啦，太史公啦，韓愈啦，都是他介紹我初識的。

後來做父親的漸漸老了，做兒子的越長大了，各忙各的。他宦遊在外，或是長期出差數下南洋，或擔任同鄉會理事長，投入鄉情僑務；我則學府文壇，燭燒兩頭，不但三度旅美，而且十年居港，父子交集不多。自中年起他就因關節病苦於腳痛，時發時歇，晚年更因青光眼近於失明。二十三年前，我接中山大學之聘，由香港來高雄定居。我存即毅然賣掉台北的故居，把我的父親、她的母親一起接來高雄安頓。

許多年來，父親的病情與日常起居，幸有我存悉心照顧，並得我岳母操勞陪伴。身為他的獨子，我卻未能經常省視侍疾，想到五十年前在台大醫院的加護病房，母親臨終時的淚眼，諄諄叮囑：「爸爸你要好好照顧。」實在愧疚無已。父親和母親鶼鰈情深，是我前半生的幸福所賴。只記得他們大吵過一次，卻幾乎不曾小吵。母親逝於五十三歲，長她十歲的父親，儘管親友屢來勸婚，卻終不再娶，鰥夫的寂寞守了三十四年，享年，還是忍年，九十七歲。

可憐的老人，以風燭之年獨承失明與痛風之苦，又不能看報看電視以遣憂，只有一架骨董收音機喋喋為伴。暗淡的孤寂中，他能想些什麼呢？除了亡妻和歷歷的或是渺渺的往事。除了獨子為什麼不常在身邊。而即使在身邊時，也從未陪他久聊一會，更從未握他的手或緊緊擁抱住他的病軀。更別提四個可愛的孫女，都長大了吧，但除了幼珊之外，又能聽得見誰的聲音？

長壽的代價，是滄桑。

所以在遺物之中竟還保有他常戴的帽子，無異是繼承了最重要的遺產。父親在世，我對他愛得不夠，而孺慕耿耿也始終未能充分表達。想必他深心一定感到遺憾，而自他去後，我遺憾更多。幸而還留下這麼一頂帽子，未隨碑石俱冷，尚有餘溫，讓我戴上，幻覺未盡的父子之情，並未告終，幻覺依靠這靈媒之介，猶可貫通陰陽，串連兩代，一時還不致逕將上一個戴帽人完全淡忘。這一份與父共帽的心情，說得高些，是感恩，說得重些，是贖罪。不幸，連最後的這一點憑藉竟也都失去，令人悔恨。

寒流來時，風勢助威，我站在歲末的風中，倍加畏冷。對不起，父親。對不起，母親。

——選自《聯合報・副刊》，2009年4月29日

認識作家

余光中（1928- ），祖籍福建永春，生於江蘇南京。1947年考入金陵大學外語系，又轉廈門大學，1949年隨父母遷香港，第二年來台，進入台灣大學外文系，獲文學學士學位。1953年與覃子豪、鍾鼎文等共創「藍星」詩社。1958年赴美進修，獲愛荷華大學藝術碩士學位。歷任台灣師範大學、台灣大學、政治大學、香港中文大學教授，並先後赴美講學，現任中山大學講座教授。

文學大師梁實秋曾說：「余光中右手寫詩，左手寫散文，成就之高一時無兩。」一生從事詩、散文、評論、翻譯，自稱為寫作的四度空間，而以現代詩和散文創作享有盛譽，宿有「詩壇祭酒」之稱。1984年獲第七屆吳三連文藝獎散文獎，其作品多用意象，筆觸細膩。其現代詩作，多受中國古典詩歌與歐美詩歌影響，將傳統鎔鑄於現代，題材廣闊，風格多變，詩思深刻且具有文化厚度。著有《藕神》、《高樓對海》、《青銅一夢》及《余光中跨世紀散文》等七十多本書。

作品賞析

〈失帽記〉是作者由一頂遺失的帽子寫起，寫的是自己對父親的懷念與愧疚。

〈失帽記〉的前半篇幅都在談帽子的特殊功用，以古今中外之例，說明帽子對於某一位特殊人物的特殊意義，以及丟失這一頂特殊帽子的離奇經過。似乎完全看不出此文偏重在抒發自己對父親的想念。但若細加品味，可發現第一段已見端倪，以作者過去一整年裡最掛心的「失」入手，而「失」去這樣一頂帽子，讓作者「難過至今」。

全文的後半篇幅，自「僅僅為了一頂帽子，無論有多貴或是多罕見」始，在宣告已確定丟失帽子，作者始道來帽子的意義，原來那帽子「不是我買來的，也不是他人送的，而是我身為人子繼承得來的」，更是作者「父親生前戴過的，後來成了他身後的遺物」，作者就一直戴下去。再敘帽子外在形貌，真正感動作者的還有帽子的功用，原來「天氣愈寒，尤其風大，帽內就愈加溫暖」，如同「父親的手掌正護在我頭上，掌心對著腦門」，恩佑兩代的一頂溫暖帽子，不僅曾經呵護過其父親，也移愛到作者頭上，可謂忠厚的家臣。這時再回想前半篇幅所敘，帽子對某些人的特殊意義，這些文字就有了極佳的襯托作用。

既寫到父親，作者便不由自主想到母親之愛。「始終呵護著我庇佑著我的，甚至在抗戰淪陷區逃難，生死同命的，是母親。呵護之親，操作之勞，用心之苦，凡她力之所及，哪一件沒有為我做過？」但「父親愛我，應該不遜於母親」，這是一種雙襯，力勁十足。作者回憶幼時，父子相處時間不多，始終不親熱，即便相處，也是「講論聖賢之道，勉勵我要立志立功。」對於父親晚年失明痛風的病軀，作者自責未能善盡獨子照護之職，有愧母親臨終時的淚眼交代。這些深刻的記憶與情意，在父子共帽的機緣上，在感恩與贖罪的認知上，讓讀者也有了共鳴，因而當八十歲的作者說出「對不起，父親。對不起，母親」這樣平凡的話，卻有著令人動容的感染力。

探索自我

余光中〈失帽記〉，一開始大約以一千字娓娓敘述，古今中外許多偉人詩人與帽子的因緣，這種理性的、知識性的書寫，是五四時代以降，許多散文大師相近的風格，梁實秋、林語堂、思果，都持續這種傳統，余光中學識淵博，能將這種傳統發揚光大。

這種理性的、知識性的書寫，可以呼應題目〈失帽記〉的「帽」，同時因為強調帽子的珍貴，因而也襯托了「失」的可惜，在這篇散文中，這種書寫法極為正確，增強了散文的厚度，這是值得我們學習的地方。

因此，現在我們也來做一個聯想的練習。以「帽」為例，我們可以聯想到哪個童話故事、寓言、成語、名家事蹟、著名文章或電影。如果自己想不出來，可以在跟朋友閒聊時當作話題，回家後再書寫下來：

小紅帽與大野狼

《愛麗斯漫游奇境記》裡有一位編製帽子的人能夠出神入化地用帽子變戲

足球賽中一名足球員能在一場賽事中踢進三球叫作帽子戲法

魔術師往往可以從空無一物的帽子裡變出好多東西，譬如兔子、鴿子

帽子的質料：皮、毛、布、草

帽子的顏色：紅帽、綠帽、黃色帽

帽子的種類：浴帽、水手帽、童軍帽、紳士帽、護士帽、工作帽

（請續寫……）

江郎才盡：江淹和他的五色筆

梁啟超：筆鋒常帶感情

一筆帶過

文房四寶

鉛筆、鋼筆、毛筆、原子筆、蠟筆

（請續寫……）

筆

沉睡

◎陳芳明

懷抱著殘缺的夢，母親沉睡在她的身體裡面。我不知道她在裡面是不是還受到傷害，也不知道這是否她有生以來最安穩的睡眠⋯⋯

跪在床前，我反覆摩挲母親暖和的手。已經有多少年，母子不曾如此緊密掌心貼著掌心。這是血脈相連的稀有時刻，成年後第一次這麼靠近傾聽她的心搏跳動。無聲的節奏，透過肌膚傳到肌膚。生命的最初，當臍帶還繫在母胎，我是不是也領受過這種靈魂的悸動？那是黑暗而幸福的源頭，是永遠無法溯回的世界。如今，我輕輕握住的手，是母親昏迷之後的手。她靜靜沉睡，彷彿有一個夢沉下去，沉下去，一直沉到窗外晚霞將盡。

抬頭望向夕照餘暉的天空，高樓上方似乎有不知姓氏的神祇正俯視床前，是不是已經聽見我們母子之間的心靈私語？已經沉睡月餘的母親，把自己關在身體裡面，緊緊鎖住所有的出口，毫不回應任何的呼喚。關在外面的我，簡直是被棄擲在無邊的曠野。言在口耳之內，情寄八荒之表。凡是能夠接受我祈求的神祇，應該都會聽到我內心的聲音。

在血管裡有一股強大的力量，多麼希望能夠接通她的血管。住在裡面的母親也許已下定決心，堅決要切斷人間的憂慮、恐懼、驚惶。或者，母親是不自願地遭到囚禁，惡作劇的神刻意要懲罰她的孩子。我可以理解那樣的懲罰，自年少到此刻，我帶給母親的傷害，神都瞭若指掌。我只是想知道，鎖在裡面的母親是不是不再受到傷害？

來自中部濱海小鎮的母親，少女時代懷抱青春的憧憬到達高雄。在戰爭烽火中與父親相遇相愛，結婚生子。戰爭結束後不到十年，她已是六個孩子的母親。在三十歲以前，所有青春女性的夢全然遠離了她。戰後台灣歷史的軌跡，幾乎就是她的命運縮影。蕭條的年代，凡屬於夢，都確定要消瘦枯萎。直到我遠行異域時，從未看到母親擁有優閒餘裕的時光。

在她的孩子裡，我大概是最為桀驁不馴。尤其在海外涉入政治風潮後，我帶給母親的不安、焦慮，幾乎不是任何語言可以說得清楚。在封閉時期，所謂安穩生活，對每位身歷其境者都過於奢侈。我卻在動盪的歲月，為她創造更多的苦痛。當我回到台灣，母親張開寬容的雙手迎接。記憶裡，她並未給我絲毫責備的語言。她沉默的神情，釋放了我內心的自責。

真正能夠與她平靜對話，已是我從政治退回學界的時刻。常常與她坐在客廳，並肩望著窗外的陽光。母親對我遠洋航行的經驗尤為好奇，似乎有意重建失落的記憶。總是在我述說之後，她會不經意透露自己是如何遭到監聽、調查、跟蹤。當她那樣說時，好像是在轉述別人的故事。然而，我知道，帶給她傷害最深最巨的，正是我在遠方浮沉的時期。

我期待與她的對話，可以無盡止地延續下去。那不僅僅是重建記憶，也是療癒加諸在兩人心靈上的傷害。我的期待終於落空，心靈治療也隨之切斷。殘忍的失憶症，開始襲擊她脆弱的身體，失憶症攜著母親遠行，走得那樣絕決，也順手掠走她的語言能力。今年開春，寒流終於決定擊敗她。那樣毫不設防的重擊，使她進入昏迷狀態。

懷抱著殘缺的夢，母親沉睡在她的身體裡面。我不知道

她在裡面是不是還受到傷害，也不知道這是否她有生以來最安穩的睡眠。不再言語的母親，睡得很沉很沉，與夕照一起沉下去，直到我被遺棄在茫茫黑夜。

——選自《聯合報・副刊》，2008年3月13日

認識作家

陳芳明（1947- ），台灣高雄人。輔仁大學歷史系學士、台灣大學歷史研究所碩士，美國西雅圖華盛頓大學歷史系進修。為美國「台灣文學研究會」創辦人之一，亦為美國《台灣文化》總編輯。曾任民主進步黨文宣部主任，現為政治大學台灣文學研究所教授兼所長，開設台灣文學史與台灣文學研究專題課程。

學術研究方面，早年專攻南宋史，近十年則關注日據時期台灣左翼政治運動與文學運動，以後殖民觀點看台灣文學發展。寫作勤快時，曾以三個不同的筆名發表文章，「陳嘉農」撰寫詩與散文，「施敏輝」用以政治評論，「宋冬陽」則專屬文學評論與歷史傳記。著有散文集《掌中地圖》、《危樓夜讀》、《深山夜讀》、《孤夜獨書》，文學評論集《詩和現實》、《鞭傷之島》、《典範的追求》，學術研究《探索台灣史》、《左翼台灣：殖民地文學運動史論》等。

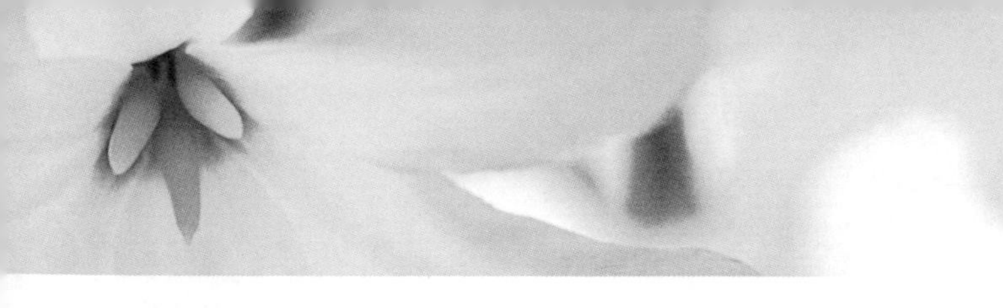

作品賞析

〈沉睡〉寫的是身為兒子的作者，面對病重母親的追述。作者自稱年少時是手足中「最為桀驁不馴」的一個，成年後作者又在海外涉入政治風潮，浮沉遠方，帶給母親「最深最巨」的不安、焦慮與苦痛，「幾乎不是任何語言可以說得清楚」，但母親，卻永遠都「張開寬容的雙手迎接」，並且未曾給過作者任何的責備語言。

當面對重病母親「沉默的神情」，作者輕握住的是母親昏迷後的手，由此感受到那是「母子緊密掌心貼著掌心，血脈相連稀有時刻」，成年後第一次這麼靠近傾聽她的心搏跳動，卻也令作者回想起自己帶給母親的「傷害」。尤其在母親病重沉睡，那種無聲無息的沉睡中，只剩下「心搏跳動」那樣接近「無聲的節奏」，作者自責的認為，那或許是母親「下定決心，堅決要切斷人間的憂慮、恐懼、驚惶」；或者是母親「不自願地遭到囚禁，惡作劇的神刻意要懲罰她的孩子」。母親的沉睡，使得作者如同「被棄擲在無邊的曠野」一般無助。

作者寫「黑」，將今天自己所處的無助感，與胎兒時在母親子宮裡的黑相聯繫，「當臍帶還繫在母胎，我是不是也領受過這種靈魂的悸動？」只是那身在母胎中「黑暗而幸福的源頭，是永遠無法溯回的世界」。一個是現下母親沉睡，作者彷如被遺棄的茫茫黑夜，一個是從前作為胎兒時身處的幸福的黑，一樣的「黑」，卻有不同的生命感受。

作者寫「沉」，說母親的沉睡「彷彿有一個夢沉下去，沉下去，一直沉到窗外晚霞將盡」，那是與夕照一起沉下去的生命盡頭。這樣的沉，卻也是自己被遺棄在茫茫黑夜的「內心的沉」！夕陽將沉，黑夜將臨，作者將天體運行與生命運行結合，將母子生命的「黑」與「沉」結合，這是極為高超的象徵手法。

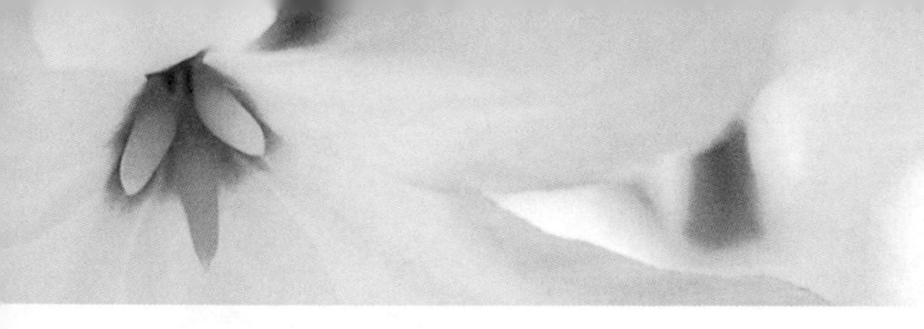

探索 自我

陳芳明〈沉睡〉這篇文章，一開始就寫著：「懷抱著殘缺的夢，母親沉睡在她的身體裡面。我不知道她在裡面是不是還受到傷害，也不知道這是否她有生以來最安穩的睡眠……」。這一段重複出現在文章最後，這篇文章因而前後有了呼應。這是文章呼應最簡單的方法——「類疊」。

但是，請注意，第一段最後標誌著「……」，彷彿故事還在發展中，引人不能不往下繼續讀下去。最後一段則是接著寫：「不再言語的母親，睡得很沉很沉，與夕照一起沉下去，直到我被遺棄在茫茫黑夜。」這就是「不變中有變」、「變中有不變」的美學技巧。雖然首尾使用相同文字，但安排了局部的、不同的安排，文章因而有了呼應、也有了變化。

請體會一下五四時代詩人劉大白（1880-1932）的〈自然的微笑〉的三段詩：「隱隱的曙光一線，／在黑沉沉的長夜裡突然地破曉，／霎時烘成一抹錦也似的朝霞，／彷彿沉睡初醒的孩兒，／展開蘋果也似的雙頰，／對著我微笑。」「黃昏一片淺藍天，／一半被魚鱗也似的白雲籠罩，／冉冉地吐出一彎鉤也似的明月，／彷彿含羞帶怯的新婦，／祇露出一些兒眼角眉梢，／對著我微笑。」「鏡也似的平湖，／映著胭脂也似的落照，／忽然幾拂輕風，／皺起紗也似的波紋，／彷彿曲終舞罷的女郎，／把面罩籠著半嬌半倦的臉兒，／對著我微笑。」

每段最後都以「對著我微笑」作結，同樣以類疊句使詩作有著「呼應」的結構與效能。

當然也不要忽略「錦也似的朝霞，蘋果也似的雙頰，魚鱗也似的白雲，鉤也似的明月，鏡也似的平湖，胭脂也似的落照，紗也似的波紋」這些「譬喻」句，也都使用「……也似的……」類疊法。

因此，請仿照劉大白〈西湖泛秋〉的詩句：

湖岸上，葉葉垂楊葉葉風，

湖面上，葉葉扁舟葉葉蓬，

掩映著一葉葉的斜陽，

搖曳著一葉葉的西風。

創作「夕照將沉、黑夜將臨時的街頭情景」

父親的粥

◎劉墉

大概因為回台體力透支，返美前突然上吐下瀉。所幸兒子住得近，清晨五點把我送去急診。化驗結果，是感染了通常只有小孩會怕的「輪狀病毒」。

大門鑰匙交給了兒子，口袋裡的錢交給了小姨子，健保卡交給了掛號處，自己交給了醫院。我很能逆來順受，心想這是老天爺逼我好好休息。加上前一夜折騰，於是猛睡，睡到隔天下午兩點。中間除了護士進來量血壓、測體溫，醫生進來摸摸肚子，倒也沒人打擾，連餐點都沒有。醫生說得好，病毒嘛！沒辦法，除非高燒不退，會考慮用抗生素，否則只有等病毒自己消失。而且這時候腸胃弱，什麼都不能吃，連喝運動飲料，都得摻一半的水。

所幸我一點也不餓，直到第二天下午燒退了，才覺得有些飢腸轆轆。要求了好幾次，總算送來食物，小小的紙杯，裡面只有黏呼呼的一點半流體，原來是米漿。「就這個？」「就這個！」護士笑笑轉身：「只能喝米漿，如果喝了又瀉，就連米漿也沒。」

抱著那軟軟的紙杯，小心地用吸管慢慢吸，好像奶娃。這讓我想起小時候腎臟炎，病得挺重，有一陣子也只能喝這個，相信多半是母親餵我，但不知為什麼，而今只記得父親坐在床邊，端著碗餵我的畫面。大概因為他講的故事吧，說以前窮人家生了孩子，媽媽不餵自己的娃娃，卻去有錢人家當奶娘，餵別人的娃娃，自己的娃娃只有喝米漿。可見米漿雖然白白的沒什麼味道，卻有營養。父親還一邊為我把米漿吹涼，一邊指著上面薄薄的膜，說那是米油，更補，嘴角發炎，只要搽幾次米油就好了。

雖然老婆隔著太平洋教我多住幾天，我還是堅持第三天下午出院。不是捨不得花錢，而是為了爭取自由，把插在身上五十多個鐘頭的「點滴」管子拔掉。小姨子幫我辦出院手續時，又來了位護士，給我好幾分介紹輪狀病毒的資料，說回家只能吃稀飯、海苔醬、蘋果泥……而且不能多吃，看不吐不瀉了，再由去皮的雞肉絲開始。我瞄了一眼那資料的封面，「輪狀病毒」四個大字，下面印著「嬰幼兒嚴重腸胃炎的凶手」。

最下面還有一行大字：「對所有的孩子都是威脅」。突然覺得自己真變成了嬰幼兒，而且是很差勁的，別人都沒事，只有我出毛病。

兒子要為我煮稀飯，我說不必，護士講只要拿乾飯加水煮一下就成稀飯，老爸再笨，這點還是會的。正好冰箱裡放了兩盒叫外賣剩下的米飯，於是統統倒進鍋子，又加了些水，放上爐子。果然才一會兒，好多飯粒就上上下下游泳，成為稀飯的樣子。忙不迭地盛出來，再打開醬瓜和海苔醬，吃了病後的第一頓大餐。

只是可能米飯放在冰箱太久，有點硬，還結成塊，加上煮得不夠，所以稀飯不黏，有些「開水泡飯」的意思。使我想起讀初中夜間部的時候，回家已是深夜，常常肚子餓，就從鍋裡舀兩勺白飯，泡冷開水。

那時候家裡因為失火燒成平地，只在廢墟邊上搭了間草房。深夜，外面一片漆黑，有流螢飛，蛩聲細，和火場餘燼的焦炭味，夾在清寒的晚風中。一顆顆飯粒，隨著涼水滑入胸腹間，有一種艘艘又灑脫的孤危感。

前一日學乖了，第二天我先去快餐店買了三碗白飯，熱騰騰地拿回家倒進水裡煮，而且站在旁邊用筷子不斷攪，還把成塊的一一夾開。剛煮好的飯容易爛，沒多久就起了泡，咕嚕咕嚕，泡泡愈冒愈大，冷不防地溢出鍋子從四面流下，跟著火就熄了，我趕快把瓦斯關掉，爐頭上還是留下好多焦黑的印子。

這稀飯不錯，夠軟，唯一的缺點是我加太多水，為了吃實在些，只好往鍋底撈稠的。端上一大碗白稀飯，頗有些成就感。兒子早晨送來肉鬆，是他去特別店買的，我拿起罐子細看，居然印著「嬰幼兒專用」，不知道這小子是體貼還是諷刺。我倒了尖尖一堆肉鬆在稀飯上，急著下嘴，立刻被嗆得猛咳，因為吸氣的時候，把細如粉末的肉鬆吸進了氣管。

一邊咳，一邊用筷子把肉鬆壓進稀飯，再攪拌成肉粥。突然懂了，為什麼父親總堅持先把肉鬆攪勻，才交給我。還一直叮囑我慢慢吃。他也幫我吹，吹得眼鏡上一層霧，又摘下眼鏡吹。父親還教我用筷子由碗的四周撥稀飯，說那裡因為接近碗邊，涼得快，有時候我還是等不及，他則會再拿來兩個大碗，把稀飯先倒進一個碗，再來回地跟另一個碗互相傾倒。沒幾下，就涼多了。

可不是嗎？我自己煮的這碗稀飯也夠燒的。第一口已經把我燙到，但是當我改由四周撥，就都能入口了。上面拌的肉鬆吃完，我又倒了好多肉鬆下去。這種「大手筆」，也是小時候被父親慣壞的，那時候母親常罵，哪兒是吃稀飯配肉鬆，根本是吃肉鬆配稀飯。最記得父親生病，母親日夜陪在醫院的那段日子。有一天表弟來家，姥姥煮了稀飯，她給我肉鬆，只一點點，遠不如給表弟的多。我當時很「吃驚」，甚至委屈得用注音符號寫了封信去醫院告狀。更令我吃驚的是父母居然都沒反應，即使後來我當面抱怨好幾次，他們也只是點點頭。

吃了一整鍋白稀飯和一整罐肉鬆，腸胃居然沒出毛病。第三天，我的膽子更大了，先去買了兩碗白飯和一盒生的牛肉絲。而且為了快，我找出壓力鍋，把材料全倒進去，添水、加些生薑和鹽，放上火煮。壓力鍋有保險裝置，無需守在旁邊，所以我徑自去書房工作。沒多久就聽見咻咻噴氣的聲音，我知道是鍋蓋上的小口在往外洩壓，只是那聲音愈來愈怪，還有點啪啦啪啦的感覺。想起以前壓力鍋爆炸的新聞，趕緊跑進廚房。才進去就差點滑一跤，地上一大片，黏黏的，我的稀飯居然噴得到處都是。

一番忙亂之後，我這輩子做的第一碗「牛肉粥」上桌了，十分滾燙黏稠、而且大有「聞香下馬」的境界。牛肉絲，不錯！一點也不老。薑，雖然切的時候已經因為擺太久，像是削竹片，反而更帶勁。我的嘴又被狠狠燙了一下，想到爸爸的方法，改為從旁邊撥。不知為什麼又覺得該拿個勺，從粥的表面，一點一點刮。

果然，一次刮一點點，滾燙的粥也不燙了。我有些自詡，可是又覺得似乎見過別人用勺子刮的畫面。我一邊刮一邊想，突然回到了九歲的童年，回到父親的病床前。醫院為直腸癌手術不久的父親送餐，只一碗，像這樣的瘦肉稀飯，我居然急著跑到床邊要吃。母親罵：「那是你爹的！」父親對她揮揮手，反教我爬上床，跟他並排坐著，又怕我摔下去，一手摟著我，一手餵我吃。肉粥很燙，醫院裡沒有兩個大碗可以用來減溫。父親就用勺子，一點一點在稀飯的表面刮。那瘦得像柴的手直抖，但是只要把勺子落在稀飯上就不抖了，非但不抖，還像撫摸般，很細膩、很輕柔地，一圈一圈刮，每次只刮薄薄一層，再吹吹，放進我嘴裡。

現在我正這麼做。但是飛回了五十年前，我的手成為父親臨終前兩個月的手。我的眼鏡飛得更遙遠，成為父親為我吹粥時的眼鏡，蒸氣氤氳，鏡片罩上一層霧。我像父親當年一樣，摘下眼鏡，只是不見清晰，反而模糊。一個年已花甲的老孩子，居然從這碗粥，想到五十七年前抱養我的父親，我的眼淚止不住地淌，淌在父親的粥裡……

——選自《聯合報・副刊》，2009年8月7日

認識作家

劉墉（1949- ），台北人，祖籍北京。台灣師範大學美術系畢業，聖若望大學研究所、紐約哥倫比亞大學博士研究。現任水雲齋文化事業有限公司負責人及專業作家、畫家，著有文學、藝術作品等八十餘種。

劉墉散文內容豐富，題材各異，構思精巧，文字則淺顯易懂，生動流暢，大多先以動人故事娓娓敘說，再以說理之警策意涵警惕其後，在勵志中指出一條奮進之路，在抒情中引領讀者共鳴，深具感染人心的警世作用。劉墉涉獵廣博，信手拈來，能在讀者心中引起極大回響，無論抒情或議論，皆在平實中顯現出深刻的哲思，發人深省，是華人世界的暢銷作家，著有《螢窗小語》、《超越自己》、《肯定自己》、《愛就注定了一生的漂泊》、《我不是教你詐》等書。

作品賞析

〈父親的粥〉寫作者追憶父親的慈愛，由自己身體上吐下瀉後只能吃粥，回憶起父親的關愛，即使已是病榻中的父親「瘦得像柴的手直抖，但是只要把勺子落在稀飯上就不抖了，非但不抖，還像撫摸般，很細膩、很輕柔地，一圈一圈刮，每次只刮薄薄一層，再吹吹，放進我嘴裡」，如此細膩的動作描寫，感人最是深刻！極細微處見天地，這就是作者擅長表達的書寫方式。

文章以作者自己的一場病寫起，病中人的身心俱皆敏感，只能喝「黏呼呼的一點半流體的」米漿，最後進步到能夠喝一些肉粥。焦點放在「米漿」與「肉粥」：米漿曾有父親口述故事的美好記憶，縱使內容悲悽，因為有父親的印記而顯得溫馨；肉粥更是父親餵食之愛的表徵，看似溫馨，卻是生命終點的悲悽。作者長於處理故事，妥貼安排，將年幼生病的自己，巧妙的與當下急症的自己做了連結，兩相對照，更將健康時父親的餵食，與重病時父親的餵食，穿插交會，聚焦於父親以粥餵食，其情深不可測。尤其寫以勺子刮粥的表面，要從粥的表面，一點一點刮，那是一種如何的慈祥動作呢？因此作者恍惚覺得似乎見過別人用勺子刮的畫面，一邊刮一邊想，突然回到了九歲的童年，回到父親的病床前，時間空間的交融，讓讀者感受到那分孺慕之情。曾經被呵護過的愛，就這樣冷不防從遙遠的記憶中跳脫出來，令作者不能自己，令讀者也被父親的慈祥呵護而感動。

全文最後定調在自己與父親的兩相映照，將自己與五十年前的父親做了最貼近的黏合，「我的手成為父親臨終前兩個月的手。我的眼鏡飛得更遙遠，成為父親為我吹粥時的眼鏡，蒸氣氤氳，鏡片罩上一層霧。我像父親當年一樣，摘下眼鏡，只是不見清晰，反而模糊」，由手、眼鏡與喝粥動作，在在強化父子一場，緣淺情深的思慕與懷念，最後在「年已花甲的老孩子」的眼淚，「止不住地淌，淌在父親的粥裡」，語意戛然而止，情韻不盡。

探索 自我

讀這篇文章，可以感受到作者父親對待孩子的溫柔，這種印象來自父親餵他吃粥的細緻行動，作者細膩的描寫：

「父親就用勺子，一點一點在稀飯的表面刮。那瘦得像柴的手直抖，但是只要把勺子落在稀飯上就不抖了，非但不抖，還像撫摸般，很細膩、很輕柔地，一圈一圈刮，每次只刮薄薄一層，再吹吹，放進我嘴裡。」

寫作時，越是將某一個細節，細緻、細膩地描寫出來，越能傳達事實的真、感情的真，越能感動讀者。劉墉〈父親的粥〉如此，朱自清〈背影〉描述父親攀越月台的艱難情景，不也是如此細緻、細膩：

「我看見他戴著黑布小帽，穿著黑布大馬褂，深青布棉袍，蹣跚地走到鐵道邊，慢慢探身下去，尚不大難。可是他穿過鐵道，要爬上那邊月台，就不容易了。他用兩手攀著上面，兩腳再向上縮；他肥胖的身子向左微傾，顯出努力的樣子。」

寫到細膩處，劉墉哭了：「一個年已花甲的老孩子，居然從這碗粥，想到五十七年前抱養我的父親，我的眼淚止不住地淌，淌在父親的粥裡……」朱自清也哭了：「這時我看見他的背影，我的淚很快地流下來了。」

一篇文章裡，至少要有一兩處如此細緻、細膩的描繪，才能讓人留下深刻印象，感人、動人。如此細緻、細膩的描繪，當然來自細緻、細膩的觀察。

請以自己的尊親屬：祖父、祖母、外祖父、外祖母、父親、母親為對象，或回憶過去、或觀察今日，仔細寫出他們為親人付出的行動細節，譬如炒菜、裝飯盒、包便當、摺疊衣服、整理儀容、整理照片、照顧生病的家人……等等，愈仔細愈有感人的效果。

温馨的愛

燈與書桌

◎何寄澎

進入父親的房間，那斑駁的書桌仍靜靜立於窗下，與往昔無異；不同的只是，原來太蒼白的檯燈，已然不知去向，此刻置於桌上的是移自我們臥室的床頭燈。

這床頭燈的燈座圓滿如球，光亮平滑，彷彿玻璃，又彷彿貝殼；燈罩如傘，低低的包覆住燈泡；燈罩、燈座一逕橘色，給人青春而溫暖的感覺。它是妻的嫁妝，已與我們共度三十餘年。三十餘年不是短時間，我們從青年而漸至老年，容宇眉髮間盡是歲月的蝕痕，但這燈，除了燈罩外層的塑膠膜終於有點泛黃並略生裂紋之外，那橘紅的顏色依然明燦。記憶中，當時的我還在拚讀研究所的學業，而妻的工作也全然沒有保障，我們辛苦地維持一個家，除了父母的支持關愛，就只有這座燈日日帶給我們溫暖與安慰。當夜漸深，斗室之中綻放出柔和的橘光，我們的心就能安定下來，不再惶恐，進而具體感受彼此珍愛、相互扶持的力量正從四面八方簇擁而來。尤其愈冷愈寂的冬夜，一切蕭索、蕭颯都阻絕在燈暈之外，我們年輕的生命因此從不頹唐，意志篤定的欣欣然期待著春天。三十餘年間，我們搬過兩次家，這燈始終在臥室的床頭，在最暗最深的夜裡，瑩然明示我們擁有的美好與甜蜜；三十餘年來，一步一腳印的走過，我們其實不覺有太多的辛酸，平心思量，恐怕都與這燈永恆的溫煦之光有關。

如今，這燈終於離開了它三十餘年來固定的位子，原因無他：一方面，妻睡前看書的時間愈來愈長，這燈不適合閱讀；一方面，自父親走後，他的房間太黯淡，我希望多一點鮮活的顏色，而橘紅正為不二之選。三十餘年過去了，不能否認的，人事滄桑時而過眼、時而親受，身心不免俱漸老矣！此刻，較諸以往，我更需要這燈的照拂開示。那橘紅、那圓滿、那光澤，不唯見證我們經營生命俯仰無愧的曾經；也繼續砥礪我們昇華生命未來意境的用心——對我和妻而言，我深知，這燈是無可取代的。

至於那窗下斑駁的書桌，則年代更為久遠，自妻少女時代開始，一路陪伴著她。妻愛記日記、愛寫信、愛創作、愛讀小說——這一切都在這桌上完成。凝視著桌面的斑斑駁駁，我想，除了歲月的蝕痕、除了墨瀋，更多的許是妻喜怒哀樂心情的印記吧？而每一個抽屜裡收藏的自必也是妻青春的夢以及青春的生命吧？

結婚時，妻帶來所有新的家具，也帶來這張舊的書桌。與婚前相同的是，妻仍藉此案寫她的日記；所不同的是，卻也必須伏此案批閱學生的作業以及計算柴米油鹽的用度。而後，日記漸漸的間歇，甚至久久始能匆略記上幾筆——少女時代終究颼然遠逝矣，妻盡心盡分的扮演她新的角色。然後，不知何時開始，這張書桌移入了父親的房間。隨著月遷歲移，打開抽屜，進入眼簾的是：牙籤、電池、指甲刀、萬金油、暮帝納斯、記事本、燈謎作品，以及疊放整齊的紙幣、信函，還有泛黃的照片——這書桌漸漸成為父親生活的縮影，泯然一體。每日傍晚我回到家中，經過父親的房間，總是看到他坐在床沿，側靠書桌看書寫字；我也發現，任何片言隻字的訊息，父親從不丟棄，一一剪存安置。我突然明白，書桌抽屜裡所收藏的原是父親坎坷生命中稀有的喜悅與慰藉啊！這幾年父親日益衰老，這緊靠床前的書桌，彷彿臂彎，安穩厚實，讓我們對父親起臥的掛慮多了一層安心。如今，我們讓它與床的方位角度仍如往昔，只是移來前述的燈。望著窗外偶然來去的人影以及隨風搖曳的扶疏綠葉，心中之感，難以言說。

我其實明白這書桌何以成了父親的書桌。三十年前，父親早早退休來與我們同住，那時他極健朗，不時塗塗寫寫，卻少一張桌子。妻看在眼裡，不露形跡的把她鍾愛的書桌移入父親的房間，一伴就是一世。三十年來，我忙於一切繁瑣的事務，甚少晨昏定省，父親的飲食起居，全靠妻張羅照料，直至五年前我始驀然體認其中的辛勞，愧赧無已。然則，默立窗前的書桌，不正是默默行之、默默付出的妻的寫照嗎？

燈與書桌都是平凡之物，卻是我們生命中愛、信、體貼以及攜手努力的信物。端詳著它們，我知道數十年間與之伴生的哀、喜、欣慰、愧悔等種種情懷，永遠不會消失，而這些，勢必教導我更明白珍惜、付出、報答、完成的奧義。

——選自《聯合報・副刊》，2006年11月1日

認識 作家

何寄澎（1950- ），生於澎湖，台灣大學中文研究所博士。1981年起任教於台大中文系，曾任台大學務長、中文系主任，現為考試院委員。主要研究古典散文與現代散文，對唐、宋古文及台灣當代散文，用力尤深。著有《總是玉關情》、《落日照大旗》、《北宋的古文運動》等，並編有《當代台灣文學評論大系》、《散文批評》等。

近有散文新作《等待》（九歌）問世，作者自言「藉由周遭的人、事，生活的瑣節，無可回避的工作，以及浩瀚典籍的咀嚼吟詠、風骨人物的追懷感受，乃至面對行健不息、真誠無欺的自然的沉思默想」，莊嚴謹慎的揭開自己心扉的帷幔，檢視既陌生又熟悉的自我，並透過寫作能夠顯示的是一個「真我」；也讓自己對於「散文」之本質及循此而應然的藝術美有更深切的體認。這樣的表白，可以見出何寄澎對散文研究與實踐，用心之深。

作品賞析

〈燈與書桌〉是作者表達對妻、對父的深深情愫，文章前半寫燈，後半寫書桌，最後由燈與書桌之領悟作結，全文從寫平凡事物中見出不平凡的真情，父子關愛，夫妻扶持，全都聚焦於燈與書桌，尤其末段寫對「物」的領悟，更是精闢獨見，使全文更顯義意非凡！

此文前半交代父親書房「燈」的來歷，是「妻的嫁妝」，已與作者一家共度三十餘年，本身意義已特殊，更特別的是它所帶來的「溫暖與安慰」，尤其在深夜的斗室中，所綻放出柔和的「橘光」，能夠安定心思，具體感受到從四面八方簇擁而來的力量，正是家人彼此的珍愛與扶持，這柔和的「橘光」在冷寂的冬夜，阻絕一切蕭索、蕭颯，意志篤定的期待春天到來。這正是燈所挾帶的永恆溫煦的光照，無形的力量，美好與甜蜜的回憶。平凡的燈，帶給作者無限的照拂與開示，那橘紅的溫情，圓滿的人生，光澤的映照，也足以砥礪所有生命。

後半段寫書桌，是作者之妻「少女時代開始，一路陪伴著她」的青春、生活與文學的記憶，斑斑駁駁的桌面上，看到歲月的蝕痕及墨瀋，無形的妻子數十年來「喜怒哀樂心情的印記」，收藏著她青春的夢想與生命，足見此書桌之珍貴！作者行文至此，已是令人動容，讚歎再三！尤有甚者，是慧心體貼的妻子，見作者父親「塗塗寫寫，卻少一張桌子」，毅然「不露形跡的把她鍾愛的書桌移入父親的房間」，而且「一伴就是一世」，更使得此書桌「漸漸成為父親生活的縮影，泯然一體」，更能收藏其父「坎坷生命中稀有的喜悅與慰藉」。對作者或其家庭而言，此書桌之珍貴，不言而喻。

全文最後，作者體悟到「平凡之物」的燈與書桌，卻是作者與家人生命中體現「愛、信、體貼以及攜手努力的信物」，數十年來默默伴隨著作者一家人的哀喜、欣慰、愧悔的情懷，也教導作者更明白「珍惜、付出、報答、完成」的人生奧義。此文疊合了父子之親、夫妻之愛、翁媳之情，物雖小而情無限。

探索自我

何寄澎說：「燈與書桌都是平凡之物，卻是我們生命中愛、信、體貼以及攜手努力的信物。」平凡之物就是與我們息息相關的事物，在中文的使用上，數字與事物之間通常會有「量詞」，這是外國人學習中文、華語最感吃力的地方。

請選擇適當的量詞：

一（　　）燈……………………………（個、座、盞、幅）

一（　　）燈泡…………………………（盒、盞、個、箱）

一（　　）燈管…………………………（個、管、條、隻）

燈與書桌都是平凡之物，卻有著特殊的量詞，一盞燈、一張書桌，約定俗成，大家都這樣用，用錯了，會讓人笑話。譬如說，一（　）真牙，空格內可以填上（顆）或（嘴），意義不同；如果是一（　）假牙，空格內可以填上（嘴），卻不可以填上（顆），這時要填的正確量詞是（副）：一副假牙。

請注意這些特殊的量詞：

一（　　）老虎…………………………（頭、隻）

一（　　）汽車……………………………（輛）

一（　　）火車……………………………（列、節）

一（　　）駿馬……………………………（匹）

一（　　）帽子……………………………（頂）

一（　　）雨傘……………………………（把）

一（　　）手帕……………………………（方）

一（　　）國畫……………………………（幅）

一（　　）眼鏡……………………………（副）

在〈燈與書桌〉這篇文章裡，何寄澎提到：「這書桌漸漸成為父親生活的縮影，泯然一體。……書桌抽屜裡所收藏的原是父親坎坷生命中稀有的喜悅與慰藉啊！」這些東西包括牙籤、電池、指甲刀、萬金油、暮帝納斯、記事本、燈謎作品、紙幣、信函、照片，請為它們選擇適當的量詞：

一（　　）牙籤………………………………（支／隻）

幾（　　）電池………………………………（棵／顆）

一（　　）指甲刀……………………………（把／打）

一（　　）萬金油……………………………（盒／瓶）

一（　　）暮帝納斯（腸胃藥）…………（盒／瓶）

一（　　）記事本……………………………（本／冊）

一（　　）燈謎作品…………………………（疊／落）

數十（　　）紙幣……………………………（張／捆）

數十（　　）信函……………………………（封／張）

數十（　　）照片……………………………（幀／疊）

陪你一起找羅馬

◎廖玉蕙

那年，你十八歲，提起簡便的行李，毅然投奔住在洛杉磯的表姊，我的心情簡直忐忑到極點。你和表姊不過一面之緣，竟然敢迢迢奔赴，我和你爸爸都為你的勇氣感到驚異。然而，也確實沒法子了！聯考失利，前途茫茫，你說希望我們給你一個機會到外頭去闖闖看，我心裡雖然害怕，但眾裡尋它千百度，卻也找不出另一條路讓你走。

臨行的前一晚，哥哥怕久未謀面的表姊不認得你，熬夜為你掃描正、側面照片，用e-mail寄去，免得你在機場無人認領。從那以後，你用著貧乏的語彙和可笑的英文文法在異邦求學。從表姊家到homestay；從語言學校到社區大學，一年三季，每季開學，電話鈴響，最怕聽到的就是「我把『海洋學』Drop掉了！」「我又把『政治學』Drop掉了！」我當然知道用中文念理化都不及格的你，用英文念海洋學是如何的困難。然而，既然選擇，只有硬著頭皮往前走。你在美國和學業作困獸之鬥，我則徘徊在台北的街頭和網路間，一邊替你找尋政治學、海洋學的中文譯本，一邊用頻繁且溫暖的電子郵件幫你打氣，希望你能越挫越勇。然而，期望總是難敵現實。

兩年多後的一個中午，例行的問候過後，你忽然在電話那頭怯怯地試探：

「我實在讀不下去了，我可以回家嗎？」

雖然也覺得放棄可惜，也想鼓勵你堅持下去，卻聽出你聲音裡的顫抖與不安，立刻回說：

「當然可以！明天就回來吧。」

我感覺到你的心情似乎一下子得到釋放，且笑且哭地回說：

「哪有那麼快！至少得等這期念完吧！……媽！你真的不介意嗎？這樣會不會沒面子？」

面子？誰的面子？我的？那大可不必顧慮，媽媽的面子不掛在女兒的身上。

「只要你自己想好就好！我們只是給你一個機會試試！既然努力試過，就沒什麼遺憾的。」

「我不是讀書的料，我非常感謝爸媽花了這麼多錢讓我出來，回去後，我會立刻找個工作，您不用擔心。」你語帶哽咽地說。

我們從來不認為讀書是唯一的路，找一分工作賺錢也不是壞事，但是，怕太熱心附和，會造成你的心理負擔，我沒有在這件事上搭腔。一個月後，你拖著增添好幾倍的行李，回到台北。夜晚十一點才放下大包小包行李，你急急上網尋找機會，十二點，你告訴我們明天將去應徵工作，次日，由你爸爸陪同去面談，你得到了平生第一分工作——祕書，真的履踐了「立刻」找工作的諾言。任職的公司從事的是移民仲介，你到美國學得的英文尚未派上用場，先就癱在郵寄大批資料，在職的兩星期間，正值盛夏，你常常汗流浹背，小跑步回家尋求父親的援助，體弱易喘的你，紅通通著一張臉，請爸爸用摩托車載運，一人工作，兩人投入，兩個星期下來，人仰馬翻，加上英文仍是困難重重，你才知道進入社會並非易事。於是，輾轉歷盡辛苦，終於還是決定重返校園。

進入外文系就讀，是你人生的另一個轉捩點。仰仗著這些

年在海外培養出的勇於討論的習慣，你大膽地發言，勇敢地表達，參加話劇公演、英語演講，意外得到許多的獎勵，一個自小學開始便慘澹得無以復加的求學生涯，好似開始逢凶化吉，呈現了嶄新的希望。大二結束那年夏天，你從學校飛奔而至，興奮地用著顫抖的聲音告訴我們：

「你們一定不相信，我今年學業成績是全班的第二名，可以拿八千塊的獎學金。媽！我不行了！我高興得快瘋掉了！」

當時，我坐在客廳的沙發上，望著盤坐在另一邊的爸爸，兩個人的眼眶，霎時都紅了起來，天可憐見！我可憐的女兒！從國小起，就在課業上不停地受挫，小學時，成績永遠跨不過四十五名的關卡，在我們愁眉不展時，還振振有詞地辯稱：

「我至少還贏過兩位同學哪！」

這樣的你！一直視讀書為畏途，永遠尋不到學習的快樂，我們總是陪著你傷心，安慰你「下回我們努力向四十四名邁進！」中學的畢業典禮上，疼愛你的幾位老師深知你的課業成績不理想，不約而同安慰我「這麼可愛的孩子，不用擔心！條條大路通羅馬啦。」當年我苦笑以對，心中惶惶然，不知屬於你的羅馬在哪裡。沒料到就在這不提防的午後，竟被告知一直被認定有學習障礙的你，居然在大學裡拿了獎學金！

仔細回想，赴笈海外的兩年多，看似鎩羽而歸、前功盡棄，其實不然。除了仰仗著長期在英語世界的濡染，你考上了外文系外；在海外凡事自己來的獨立精神的培養，使你開始思考將來要過怎樣的人生。你有計畫地在暑期參加各項進修，陸續學會騎摩托車、開車，受訓拿到英語教學種子老師的執照、學會錄影帶的剪接技巧，加上在高職學習到的資訊處理，你迥異昔日傻呵呵的女兒，已經具備了不錯的應世能力。前些天，你在和導師的聚會裡，跟老師討教大學畢業後的繼續深造問題，你說：

「我想跟媽媽一樣，在大學裡教書。」

雖然事情並不容易，我卻為你的志氣感到驕傲。說實話，我們簡直不敢相信，眼前的女子就是當年在學校時永遠衝不破全班倒數第三名難關的孩子！如果今天你能，有什麼樣的孩子

應該被放棄！

你回國後兩年，我們全家人有機會到美國重遊舊地。豔陽天，你神情亢奮，在租來的車子裡，指著窗外，一一介紹你當時的生活，我才知道你經歷的是怎樣的寂寞！

「那是我常去的百貨公司，星期假日，不知道要做什麼，一個人只好去逛逛。你看到的我帶回去的許多廉價打折貨，就是在那裡買的。」

我的眼眶驀地紅了起來！回想你攜回台灣的行李數倍於當年帶出國，整理時，我訝異地發現許多東西竟成打地出現。眉筆、壁燈、髮箍、小刷子、眼影……我邊整理、邊感嘆你不知民生疾苦。你囁嚅地回說：

「成打地買，較划算，我逛街時遇到大折扣，不買可惜，都是便宜貨。」

一樣一樣的小東西，在在見證著你浪遊無根的寂寥，而我不察，竟不時興奮地向你報導假日時如何和爸爸的畫友們出外冶遊。

「那是我常去的公園，常常有老人在那兒曬太陽，星期假日無聊，我有時候就到那兒和他們一起曬太陽。」

天很藍，太陽在樹梢上閃著耀眼的光，聽著、聽著，我的淚靜靜順著雙頰流下。不善人際的女兒，在語言熟練的家鄉就曾經飽嘗交友的困難，更何況在人生地不熟的異邦。念書之外的漫漫時光，她和佝僂的老人一起在公園裡曬太陽、想家鄉。

你堅持帶我們去你當年常去打牙祭的一家日本拉麵店，你指著靠窗的位置告訴我：

「這是我常坐的位置。拉麵還附送炒飯或煎餃，想家的時候，我就來這兒叫一碗拉麵，靠著附送的蛋炒飯平息想念媽媽的心，這兒的waiters都對我很好哪。」

我一口麵也嚥不下，摩挲著你坐過的桌椅，向店裡中氣十足的喊著「歡迎光臨」的年輕侍者們深深一鞠躬，感謝他們在異地為你提供讓人安心的溫暖。

從美國回來後，我才被我當年的孟浪、大膽所驚嚇。斗膽將一個不諳世事的弱質女兒送到千里之外的地方，幸而無災

無難地回返，若是其間你發生了任何的意外，我將要如何的引咎、自責且悲痛萬分！幸而平安地回來了！真好！雖說暫時的離巢，成就了一位獨立自主的女兒，但是，從我們一起重遊舊地歸來的那日起，我忽然開始罹患強烈的相思病，你已然回到身邊，卻才是思念的開始。你一定覺得奇怪，媽媽忽然變得格外纏綿，珍惜和你在一起的每一分鐘。啊！做媽媽的心情是複雜得理不清的，我是在設法將那分離兩地的九百多個日子一一重尋回來，而且，無論如何再也不肯鬆手讓你獨自展翅高飛。

今後，不管晴天或下雨，要找屬於你的羅馬，爸媽陪你一塊兒去。

——選自《大食人間煙火》，九歌出版社，2007年

認識作家

廖玉蕙（1950- ），台中縣潭子鄉人，東吳大學中國文學博士，曾任《幼獅文藝》編輯、世新教授，現任台北教育大學語文與創作學系教授，講授創作、電影及戲劇等課程。並曾獲中國文藝協會文藝獎、中山文藝創作獎、中興文藝獎及吳魯芹文學獎等。

廖玉蕙書寫的文類包括學術論著、散文與小說，尤以散文為高，創作題材多取自親人瑣事、師生互動與社會觀察，風格清新明淨，語言溫潤而挾帶著詼諧嘲諷，蘊含機智。著作豐碩，有散文集《不信溫柔喚不回》、《嫵媚》、《如果記憶像風》、《像我這樣的老師》、《公主老花眼》、《大食人間煙火》等數十冊，小說集《賭他一生》、《淡藍氣泡》，繪本書《一本燦爛》，及訪談錄《走訪捕蝶人》及學術論著《細說桃花扇》、《人生有情淚沾臆》等。

作品賞析

〈陪你一起找羅馬〉寫的是作者對其女兒深深的愛。作者文章常寫到身邊親人，皆雋永有深情，平路認為此篇堪稱為經典散文，「每次讀，都有欲淚的衝動」，讀來令人「牽動心肝」，所論甚是！

文章開頭，寫到「那年，你十八歲，提起簡便的行李」，已具小說懸宕之感，一路寫到與女兒重回現場，感受海外留學的寂寞與孤單，文中鋪敘自己的女兒早年的學習障礙：「成績永遠跨不過四十五名的關卡」、「在學校時永遠衝不破全班倒數第三名難關」的學習情況，但作者最後卻能肯定女兒找到自己的路，獲得全班第二名，且在話劇等活動中展露自己，欣慰於「如果今天你能，有什麼樣的孩子應該被放棄」。

「羅馬」是一個理想的象徵。這原是孩子老師的一句安慰話：「這麼可愛的孩子，不用擔心！條條大路通羅馬啦！」然而面對聯考失利，前途茫茫，體弱易喘的孩子卻決定奔赴美國就學，這是孩子毅力的展現。在美的兩年學習後，又「期望總是難敵現實」的回到台灣就業，雖是「立刻」投入職場，終究明白「進入社會並非易事」，才又重新投入大學的學習行列。這是孩子覺醒的體認。最後能夠獲得全班第二名的佳績，榮獲八千元獎學金，使作者及其夫婿感動得「兩個人的眼眶霎時都紅了起來」。這是孩子行動的開始。不同的階段，父母的呵護總在不遠的地方緊緊相隨。

全文一再描寫作者的心情：「忐忑到極點」、「害怕」、「心中惶惶然」、「被我當年的孟浪、大膽所驚嚇」，顯見作者在陪伴女兒過程中的心情，沉痛與不捨。當看到女兒自美返台的改變，在學習上「大膽地發言，勇敢地表達」，主動參加學習活動，而「呈現了嶄新的希望」；在性格上「凡事自己來的獨立精神的培養」，學會思考將來要過怎樣的人生，迥異於過去的「傻呵呵」，具備良善的應世能力，成為「獨立自主的女兒」，作母親的卻又欣慰無比。這種心境轉折，說盡了天下父母深刻無私的愛。

從前「不知屬於你的羅馬在哪裡」的茫然，經過一路協助與打氣，至此化為圓滿的笑容。作者後來與女兒重返舊地，聆聽其想家時的點點滴滴，自言：「忽然開始罹患強烈的相思病，你已然回到身邊，卻才是思念的開始。」作者更珍惜與女兒相處的每一分鐘，更清楚了解作為母親「心情是複雜得理不清的」，甚至於未來，「無論如何再也不肯鬆手讓你獨自展翅高飛」，無論是晴天雨天，都要陪伴著尋找屬於你的「羅馬」，更見出濃郁的親情，在孩子獨立成長後，絲毫未減。

探索自我

廖玉蕙在〈陪你一起找羅馬〉這篇文章中使用了許多成語：

一面之緣　困獸之鬥　無以復加　逢凶化吉

視為畏途　條條大路通羅馬　赴笈海外

浪遊無根　人生地不熟　不諳世事　千里之外

無災無難　引咎自責　分離兩地　展翅高飛

什麼是成語？大家都以為四個字就是成語，其實不是，大家熟知的「三民主義」、「東南西北」就不是成語，但是「鴻門宴」、「莫須有」（三個字）卻是成語。這裡的「條條大路通羅馬」、「人生地不熟」，不是四個字，也是成語。

因此，所謂「成語」，可以歸納為以下幾點看法：

1.成語以四個字為主，但不以四個字為限：如「逐鹿中原」是成語，但只用「逐鹿」二字也算是成語。如「千里馬常有，而伯樂不常有」是成語，但「千里馬」與「伯樂」也可以算是成語。

2.成語是語言習用或襲用的累積成果，其來有自，通常是古典經傳、詩詞小說、俚俗謠諺。

3.成語少用字面意義，多用引伸義。如「青出於藍」，現代人使用這個成語，與顏色無關，而是學生成就勝過老師的引伸義。

成語可以視為中華文化的縮影，多了解、多記憶成語，對自己的文化學養、文學創作，具有正面的積極意義和價值。

2010年是虎年（庚寅），下面是有「虎」字的成語，如果有不懂的，請用紅筆圈起來，提醒自己要翻查辭典或請教老師、同學，記錄在空白處。如此增厚自己的學術，說話、行文，自能虎虎生風。

虎虎生風　虎口餘生　虎頭蛇尾　虎父虎子　虎父無犬子

虎視眈眈　虎背熊腰　虎死留皮　虎落平陽被犬欺

如虎添翼　為虎作倀　騎虎難下　暴虎馮河

養虎遺患　畫虎類犬　調虎離山　談虎色變

與虎謀皮　縱虎歸山　臥虎藏龍　餓虎撲羊

龍爭虎鬥　龍蟠虎踞　龍潭虎穴　龍吟虎嘯

龍行虎步　龍驤虎步　狐假虎威　羊質虎皮

九牛二虎　三人成虎　魯魚帝虎　生龍活虎

馬馬虎虎　扮豬吃老虎　伴君如伴虎

認識新成語

東引家書

◎林文義

驟雨方過，海軍碼頭幽暗的粗礪水泥地面積著水漬，鏡面般地倒映東碼頭那端，高樓之間璀璨的霓虹光色；風吹泛起漣漣水紋，彷彿生命是那般飄忽不定，像極父親半生行路。

你，靜靜的坐在車後座，吞嚥著炸雞塊，油香以及某種告別前的隱約愁緒；父親則佇立在二十公尺外的幽幽夜色裡兀自抽菸。暗黑的空蕩碼頭，逐漸駛入或已然停駐的各式車輛，與你一樣，由北方外島返台休假的少年軍人們次序匯集，帶著相仿的離愁，告別前夕。

父親沉靜的抽菸，灼亮微熱的燒著等待。不是等待你外島歸來，而是等待你別離的晚間七時三十分；你應該清晰地瞥見菸頭在幽暗微霧裡兀自閃眨如夏夜之流螢，暗示般地難捨。

和你保持著一段距離，讓你以手機與戀人或友伴話別，是父親一向的行事風格；尊重獨立個體之自由意志，包容相異不同的認知，這本就是人之所以為人，最基本的文明器度。無論是對待友伴或作為父親兒子的你。

愛，是唯一的理由。愛，有時令人沉淪，愛，也令人重

生。

這是作家摯友小說的結論。父親也要以這一段語意深長的字句作為對你未來的期勉。

挪近到管制區拒馬阻隔的邊緣，前方燈光輝煌的兩千噸運兵船「合富輪」，靜止如歛翼的沉睡天鵝。也許就在父親夜深沉眠之時，你和所有少年軍人，讓船舶帶著你們，穿越平波微浪或潮湧詭譎的海域，返回閩東列島的駐地；晨霧深鎖的拂曉，先抵馬祖，再去你的東引。時距除夕前兩天，二〇〇五年二月六日晚上的基隆港海軍碼頭，父親送你搭船回東引。

父親每周一封家書，盼你靜心服役，平安保重。冬日凜冽，台北盆地氣溫驟降時，最疼愛你的阿嬤就微皺眉宇，黯然地問說：東引一定更嚴寒，不知乖孫會不會凍著？

父親在子夜的文學書寫之時，寒露浸身，感覺冷顫，或在電視新聞中的氣象報告裡得悉：陽明山降雪，櫻樹被寒雨夜露凝凍得飄墜滿地。忍不住會探詢馬祖列島的氣溫。稿紙間未靜的文字暫停，為遠方的你，寫問候家書。

「親愛的兒子，台北盆地冬寒，你在東引，一定更冷。軍用夾克暖和嗎？東引是否飄雪？」

你不曾回過信，倒是回電話告訴父親：

「好溼好冷。島上沒下雪，海霧比雪寒。」

父親之心自然因憐愛而微痛。但還是在捎給你的家書中肯定地期盼，你必須先是捍衛台灣的勇健軍人，然後才是父親衷愛的兒子。

父親童稚年代的基隆港，青梅竹馬一起成長同齡的表姊，你未曾面見過的阿姨，悄悄的帶年方十歲，你的父親進入她家規模恢宏的製冰廠內的冷凍庫；無以數計倒吊的鮫魚、鮪魚、旗魚……目不暇給。冒著白冷寒氣，不慎竟被厚達一呎的鐵門反鎖其間，幾乎雙雙凍僵。

表姊終究只能是表姊……十八歲時來台北，在如今已不存在的國聲戲院，看了潘壘編導，祝菁與魯平合演，以淡水小鎮為背景的愛情電影：《明日又天涯》。那時父親常在拂曉時分，搭第一班的北淡線列車去等待第一抹淡水小鎮的晨曦；七〇年代的小鎮很寧靜，淳樸而幽美，不像現在，粗俗且喧譟，昔景全非。

還記得帶你及姊姊去搭乘最後的北淡線列車往返嗎？一九八八年七月十六日晚上八時。

許是某個晴朗的向晚，父親時而駕車循著北上高速公路急馳，在汐止路段接往萬里方向的二高，從大武崙交流道下來左轉往北海岸，停駐在外木山漁港高處；那裡可以遙看壯闊的太平洋，基隆嶼兀立漁港的出海口。其實是盼望能看見從北方外島返航的交通船，自然明白你不能在那船上，卻多少有種眼熱心跳的靈犀在心；父親揣想那船是從你的島上回來的，那份遙遠的思念之情，就可因眺望得以報償。

野戰服的少年軍人，父親怎不知你思鄉情緒？父親想你的心，如同數以萬計、惦念在台灣之外駐防的少年軍人的父親們一樣的感觸萬千。

這是從男孩到男人的鍛鍊過程，是人生修習責任的承擔，面對自我最美好的考驗。親愛的兒子，你是父親最自豪的生命驕傲！

翻看離別日午餐時，父親以那具萊卡Minilux為你記載的相片，見你短髮英挺，意氣昂揚；畢竟堅信在那冬寒霧重的最北之島，必然應對得宜，神閒氣定。相片裡，少年軍人還是阿嬤最疼愛的乖孫，還是略帶童憨，緊偎著阿嬤，輕淺微笑凝視正按快門的父親。右方是戀人，左邊是大你三歲的姊姊，欣慰你們都已長大。

憶及去年十月初，你在烏日成功嶺結訓，給父親電話，說抽到了「東引」，感覺意外。父親勉勵你：就愉快地去吧，詩人德亮叔叔三十年前在那裡待了近三年，寫了很多好詩。

而後是幾天後的基隆韋昌嶺待命搭運兵船前往報到。父親向晚去探訪你，父子倆看著營區牆間巨幅的馬祖列島地圖，東引在最北。

父親捺熄了燃盡的餘菸，流螢再也不見。你一身雄壯懾人

的野戰服下車，向父親俐落的行個舉手禮，平靜的說：集合時間到。再會。

保重啊兒子。你是獨立堅強的少年軍人。

——選自《幸福在他方》，印刻文學，2006年

認識作家

林文義（1953- ），台北市人，國立台灣藝術專科學校廣播電視科畢業，曾任《書評書目》、《文學家》雜誌總編輯、《自立晚報》副刊主編、電視節目主持人、國會辦公室主任、時政評論員。現為專業作家。

林文義以散文、漫畫知名於世。散文風格獨特而充滿魅力，貼近現實而能反映出其悲憫苦難生命的情懷，散文風格隨年紀與生活經驗迭有轉變；漫畫則充滿人間諧趣，拙樸而深富民俗色彩。90年代起，作者又突破短文格局，用力於長篇報導文學，寫下《母親的河——淡水河記事》及《菅芒離土》。其著作成就驚人，有散文集：《多雨的海岸》、《千手觀音》、《走過豐饒的田野》、《不是望鄉》、《大地之子》、《記憶的河流》、《迷走尋路》等三十餘冊；並有詩集《旅人與戀人》、小說集《藍眼睛》、漫畫集《西遊記》等。

作品賞析

〈東引家書〉寫作者對服役兒子深深的愛，以一種深自期勉，大器遼闊的方式表達，所以文中出現了「你必須先是捍衛台灣的勇健軍人，然後才是父親衷愛的兒子。」「親愛的兒子，你是父親最自豪的生命驕傲！」「你是獨立堅強的少年軍人。」這樣的句子。離別、思念，無可逃避；作為父親的深深期望，卻也隱隱在文句間悄悄透露。

攤開一方地圖，細細查找所謂「馬祖列島」在哪裡？所謂「東引」在哪裡？孩子置身那樣遙遠而地圖幾乎看不見的地方，父親手寫的「家書」是否安然寄達？這是父親的記掛。就年輕的兒子而言，將生命放置在「東引」，可能是一種意外的浪擲，當然注定帶著「思鄉情緒」。身為父親的作者即便「感慨萬千」，但仍期勉孩子「就愉快地去吧！」看似輕鬆，然文章前半段有多處顯露父親深藏不露的不安：「隱約愁緒」、「相仿的離愁」、「因憐愛而微痛」、「那份遙遠的思念之情，就可因眺望得以報償」，原來作者作為父親想兒女的心，竟是如此深沉而濃烈。

對於受凍在東引的孩子，作者巧妙的以子夜寒露浸身的冷顫，以及陽明山降雪後凝凍飄零的櫻樹為喻。這封家書一再探問：「軍用夾克暖和嗎？東引是否飄雪？」一再引述孩子信中「好溼好冷」、「海霧比雪寒」的話，一再回想幼時曾經瀕臨「凍僵」的經驗，都為了感受孩子當下的「冷」與「寒」。最動人的地方，在於作者以幻想孩子歸來的心情表達期盼之殷，明知孩子並未返台，也會駕車停駐港灣，遙看船隻，其實是盼望能看見從北方外島返航的交通船，雖然明白孩子不會在船上，卻多少有種眼熱心跳的靈犀在心。這份父親揣想的心境，多麼貼切地道出身為父親的殷勤盼望。

這份慈愛，這份「父親想你的心」，其實是「數以萬計、惦念在台灣之外駐防的少年軍人的父親們」的感觸萬千。不論是地圖標記與否，有兒子的地方就是地圖，就是家書寄達的所在，就必定蘊藏深深的父愛啊！

探索 自我

在〈東引家書〉這篇散文裡，林文義曾經引用小說家的話：

愛，是唯一的理由。愛，有時令人沉淪，愛，也令人重生。

這句話是在指陳現實生活裡，很多人假借「愛」的名義做出不正確的選擇，非理性的行為，譬如說體罰、寵溺、家暴、分手時自殘或他殘等，嚴格說，這些行為都不是愛，而是以自我為中心的錯誤行為，甚至於不配稱為「愛」。但我們也不能因而不敢去愛別人，因為「愛，也令人重生」，重要的是認識真正的「愛」，正確的認知「愛」。

「愛，有時令人沉淪，愛，也令人重生。」其實是「愛，有時令人沉淪，愛，有時令人重生。」的省略。分析這句話的文法修辭，前後句使用相同的句式，所以是「類疊」兼「排比」，前後文還有「對比」的關係。

因為好記、易記，許多格言都應用這種修辭，譬如：

龍游淺灘遭蝦戲，虎落平陽被犬欺。（國語）

一朝被蛇咬，十年怕草繩。（國語）

細漢偷挽瓠，大漢偷牽牛。（台語）

小時偷雞蛋，長大偷駱駝。（波斯語）

請仿照下列格言、俗諺，新造一句激勵自己的話：

1. 度量大一點，脾氣小一點。

例：行動多一點，藉口少一點。

2. 你不能決定生命的長度，但你可以決定生命的寬度。

例：你不能控制天氣，但你可以控制脾氣。

美人魚之歌

◎周芬伶

一滴淚流一千年

還流著珊瑚色的血

母親臥床已三年，剛開始只是輕微中風，到醫院看她時還言笑晏晏，護士誇她皮膚好，脾氣好，命好，女兒孝順，來看的親友很多，我趕回去時，病房擠了好多人，連弟弟的朋友也來了，臨走前父親帶妹妹與我到東港海邊吃海鮮，就在沙灘上搭的攤販，四周圍著棚子，看不到海。彼時我們還很樂觀，其實是不願面對現實。

我們頂著夏日的罪惡陽光，買了五味麻薯還有烏魚子，父親已快八十歲，食欲好得很，三個人吃掉一桌海鮮。

後來一次又一次中風，併發帕金斯症、憂鬱症，加上原有的糖尿病，短短一年間，母親完全變了一個人。身體僵硬，雙手卷曲作抱球狀，還不停顫抖，躺在床上完全不能動，語言能力漸漸消失，只要碰她的身體，她一句話含在嘴裡好久才吐出：

「不要碰，痛！」

母親變回美人魚，就要潛回海中，王子太令她傷心，她的雙手卷曲顫抖，看著自己的雙腿漸次消失。

魚尾閃躍月光

長髮流成沙灘

知道母親只有越來越壞，我並沒有馬上趕回去，反而埋首寫作，我無法解釋自己的背逆作法，好像自己找了一個殼躲進去，自我催眠，趕快完成階段性任務，就可全心照顧母親。

如此發憤著書，閉門謝客，終於完成任務，而母親只有更壞，她變得猜忌多疑常常說要走了再見再見。父親只要一離視線就生氣，還不准我們出去玩，天天玩點名遊戲，說父親的壞話。偶爾嘴巴能說時就只埋怨父親，剛開始大家都相信她，以為父親不顧母親，箭頭一致投向父親，甚至說出「沒看好母親，以後也不管你」那樣的話，我與父親的關係幾乎破裂，打電話來常生氣發飆，直至他不敢打電話來。

我們一家小孩個個都是工作狂，從小少作家事，「嬌生沐浴乳」洗出來的水蜜桃姊妹，照顧母親沒人能獨當一面。

我的懦弱基因得自家傳，祖父母臨終前兒子跑去躲，跟胡蘭成的天地不仁有得比。

不敢看死人，不忍見父母病，這樣的懦弱，連自己也無可逃避的想逃避。

美國妹妹回國時，守候母親一個禮拜，每天陪著她去作復健，那裡有滿清十大酷刑，一片鬼哭神號，妹妹受不了了，逃到台北說：「跟地獄差不多。」

無法查覺是否來過

他的足跡清淺如夢

我懷念母親還能走時，一起遊歐洲，秋天的荷蘭美得簡直不像真的，母女穿木屐在小木屋前拍照片，現在看起來也像假

的。每天起床趕吃早餐，母親的手搆不到頭，急得滿頭大汗，來不及戴上她的網狀紗帽，一氣之下就丟到垃圾桶，露出凌亂稀薄的頭髮。好華貴的一頂紗帽，別著一朵朵珠花。

這不像母親愛美的個性，天人五衰早有跡象。

我也正當盛年，照片隨便拍都可看，這算是年輕的定義吧，再來就拍不出能看的照片，一定對照片發怒，遷怒於他人。最後一天在巴黎自由活動，母親走不動，我們將她置留在香榭大道路邊咖啡座，大家如猛虎出閘，陪妹妹去排LV，買小孩的禮物，一逛整個下午，回去找母親時，她的笑容疲憊而僵硬，正在趕桌上路上的鴿子，「怕坐太久，服務生不高興，替他們趕鴿子可以吧？」她說。

鴿子是不用趕的，妹妹與我尷尬地苦笑。

潛入冰藍海中

無需形體無需記憶

無需眼睛

母親的眼睛張不開，連最愛的孫子來到床邊，她的眼周肌肉拚命擠壓，擠不出眼睛，激動時雙手抖得更厲害。

偶爾會笑出來，還有笑聲，比曇花一現更短更短。

我希望看不見父母衰老的景象，常常逃避回家。

然母親的病身像美人魚一樣，潛入我的腦海，無法刪除。

人魚公主倒臥在沙攤上，一點也不美麗，她想回到海中，卻無法移動一步。

醫生說我的眼力出了問題，再也無法像以往一樣自由使用，這是上天的懲罰還是自我冥冥之中對於病痛者身體力行的認同？

不願看，不忍看，而終於看不見。

母親，我同你一樣將沉入冰藍海底，體會病痛，我們要去的地方不需要雙眼。

人魚公主日思夜夢著王子，請求魔女將她變成人類，但她的尾巴變成腳的時候，走路會像刀割一樣疼痛。人魚公主終於上岸見到王子，但王子卻不認得她。人魚公主只得回到海底，

她將化成泡沫消失。

我猜人魚公主不是消失，而是失去眼睛。

一切都因為看見，也因為視而不見。看不見讓我們看見。

沒有愛，海剩下什麼

就讓我們彼此緊護著泡沫

以前我最驕傲的就是自己的眼睛，視力零點八不用戴眼鏡，看書速度極快，日日用眼無限量，一年寫三本書，三個專欄，一個部落格，自以為無所不能，現在終於提早把眼力用壞了，一切的天人五衰早有原由。

人會病在自己最驕傲之處。

很諷刺的，那時正寫的長篇小說，女主角正一步步喪失視力。原來心靈會用各種方式預示一切。

不用再急著看書寫稿，多出許多時間，終於可以回家陪母親了。

這個夏天對我是意義特殊的夏天。

不再餵養自己的眼睛，只餵養心靈。

可以坐在母親身邊，什麼都不作，不看。

母親看不到我，但她可以感覺到我的走動。

我看得到母親，再也不會看到美人魚的幻象。

偶爾我也會到故鄉海邊走走，海將會展現它的無限廣大，不，說是無限的多半有限。

他們說「心靈沒有眼睛，卻懂得如何去看」，但願他們說得沒錯。

動物頻道中的那些海洋生物，是如此努力不懈的保護著那些看似夢幻泡沫的卵，集希望與虛幻於一身。

我想，在縱身大浪之前，我將以有限的眼力看見更有限的時光，緊緊守護著這人魚的泡沫。

認識作家

周芬伶（1955- ），屏東潮州人，政治大學中文系畢業，東海中文研究所碩士，現任東海大學中文系副教授。早年以「沉靜」為筆名，後來以本名發表作品。曾獲中國文協散文類文藝獎章、中山文藝散文獎、吳魯芹散文獎等。

作者擅長描寫人物，講敘故事，剖析自我，又能貼近女性心靈，筆調溫柔善感而敏銳，是當代重要女性作家。作品包括散文、小說、童話、口述歷史等，著有散文集《周芬伶精選集》、《汝色》、《戀物人語》、《絕美》、《花房之歌》，小說《影子情人》、《浪子駭女》、《世界是薔薇的》、《妹妹向左轉》，少年小說《醜醜》、《小華麗在華麗小鎮》、《藍裙子上的星星》，文學論著《豔異——張愛玲與中國文學》，口述歷史《憤怒的白鴿》等。另曾成立「十三月戲劇場」，擔任舞台總監，編著劇本《春天的我們》。作品曾選入國中、高中國文課本，見重於當代。

作品賞析

〈美人魚之歌〉寫的是作者面對重病的母親，並檢視自己生命的一篇作品。作者母親中風臥病三年，病痛最易改變心的習性，當然也改變與家人相處的關係。篇名為〈美人魚之歌〉，將美人魚從海到陸地、又回歸大海的經歷，疊合自己怯於面對母親病容、病態的愧疚，母女從眼睛「不見」到心靈「看見」的永恆守護，更見文章張力無限。

文中第一部分寫其母輕微中風的情形，病床邊猶有「言笑晏晏」，連醫護人員都誇讚「女兒孝順」。探視後尚有興致同赴海鮮盛宴，當時的樂觀，作者已預言那是「不願面對現實」的心態，為後續全文預留伏筆。

第二部分，延續前面「不願面對現實」的心態，作者自我譬喻為「嬌生沐浴乳洗出來的水蜜桃」，無法獨當一面的照護母親；又寫到母親病情愈壞，作者卻背逆的沒有馬上趕回去，反而埋首寫作，這樣的懦弱與逃避，與其父親相當，都是「天地不仁」。接著寫到其父親面對自己的父母臨終，也是「不敢看」、「不忍見」。妹妹面對母親復健的醫療過程，喻之為為「跟地獄差不多」，顯見她「不願面對現實」。這一部分表面上寫的是家人（包括自己）無法面對生病的母親，不知如何看護，表達的卻是深深的不忍之心。

第三部分寫健康年輕時的母親是如何愛美靈動，曾經母女一同前往異國遊歷，以「秋天的荷蘭美得簡直不像真的」，對應母女穿木屐在小木屋前所拍的美麗照片，現在看起來也像假的。以青春的美好、歡樂的樂曲，映照衰老病痛的母女關係。隱隱映襯其「不敢面對現實」的心態。

第四部分，明寫作者「不願面對現實的心態」，藉由母親與自己視力的問題，凸顯母女二人的「看不見」，但是這樣的看不見，卻「一切都因為看見，也因為視而不見。」「看不見」讓我們看見，看見的是自我生命的過程，也是自己生命中脆弱的面向，且是無可拋棄的遺傳關係。最後作者母親的病身，如同「美人魚一樣，潛入我的腦海，無法刪除」，即使看不見，或是「不願面對現實」的心態，這樣的情景，卻歷歷在目。

最後作者因為眼疾，得以不用再急著看書寫稿，多出許多時間，終於可以回家陪母親，從此暫時可以「不再餵養自己的眼睛，只餵養心靈」，反而看見更多看不見的，透過如此內省，作者終於勇敢「面對現實」，緊緊守護那最原始、最本真、最重要的親情，因為那是美人魚即將消逝的泡沫。

探索 自我

周芬伶〈美人魚之歌〉有自己獨創的結構，其一是以自己創造的兩三句話，作為一節的小標題，如首節：「一滴淚流一千年／還流著珊瑚色的血」，末節：「沒有愛，海剩下什麼／就讓我們彼此緊護著泡沫」。這些小標題彷如詩句，能令讀者沉思。

沉思之後，必定會有一些心得，每個人的心得不一定相同，請仔細閱讀小標題後面的文章，回頭思考小標題，寫下你的心得。寫完之後，可以對照下面（　）的文字再思考。

1. 一滴淚流一千年／還流著珊瑚色的血

____

____

____

____

____

（生命絕大的苦痛）

2. 魚尾閃躍月光／長髮流成沙灘

（苦痛無止限的延伸）

3. 無法查覺是否來過／他的足跡清淺如夢

（過去的美好已經流逝）

4. 潛入冰藍海中／無需形體無需記憶／無需眼睛

（母親無法睜開眼睛，更讓我們警覺呵護的必要）

5. 沒有愛，海剩下什麼／就讓我們彼此緊護著泡沫

（泡沫即將消逝，必須以愛緊緊守護）

掛一面鏡子

◎方梓

父親安置好了行李，拿出被厚厚的瓦楞紙板密包的鏡子，向我要了紅紙，我這才知道這次父親來的真正目的：去厄消災。在二、三十年前，被父親視為迷信，不屑為也，或許是時間、或是人生途中的不順遂，終於迫使父親漸漸向未知的天命俯首、屈服，轉化為信念。父親堅信，一命，二運，三風水；命運既定，風水可為。

剛搬來這裡，父親說這裡環境好是好，就是風水有些許瑕疵，有一點點的路沖、有那麼一些藥庫的格局；對我們而言，擁有一棟可以「頂天立地」的房子，有山有水，花草樹木茂盛、陽光充足，就是好風水、好房子，人住得舒服，風生水轉，運由心生。父親說，少年人鐵齒。年輕時，父親比誰都鐵齒。

父親裁了一小片紅紙貼在圓鏡正中央；圓鏡是父親特別訂做的，他老早估量好我們車庫門前的橫梁寬度，圓鏡從容地被框進，大小適中，父親很滿意自己的眼力。

明日午時是好時，父親說。躁急的個性，父親一刻也停不

下來，接著連放在頂樓的鋁梯都搬了下來，一切準備妥當他才能安心，他篤信只要鏡子一掛上去，我們全家大小就能平安順遂。

父親不是一座山，老是閒不下來。修補東西大概是他退休後，最大的樂趣，也幾乎成了重要的工作。每一次看著父親專心修補東西，總是讓我想起祖父，在眾多伯叔中，父親與祖父在外貌與性情都最神似；個性急躁、火爆，聰明、手巧，凡事不想看人臉色。然而，祖父與父親的關係卻也是最火爆，最不和諧，從小到大，父親動不動就引起祖父拿著扁擔追打，即使父親結婚生子，父子倆仍時常面紅脖子粗。或許，祖父在父親的身上看到了自己，一個粗糙的「自己」、一個需要再雕琢的「自己」，急切求好的心遇上父親率直稍嫌粗魯的言行，如火添油，一爆不可收拾。只要不和父親吵架，其實祖父是一位相當有趣的人。在伯父和父親陸續結婚後，還算年輕的祖父便不再到田裡做事，有著頤養天年的打算。閒不下來的祖父，開始無師自通，敲敲打打修理起農具、家具，還醃製一些連祖母都搞不清楚的醬菜，這些醬菜只有他一個人喜歡。祖父不喜歡出門，幾乎整天都待在家裡，除了晚上睡覺，祖父是從不關收音機，而且音量調得極大，敞開著客廳，像極了廣播室，也許當時有收音機的人不多，始終沒有人來抗議這樣的高分貝。而祖父也經常在這樣的高分貝中沉沉睡去。與其說祖父在聽收音機，不如說是修理收音機；祖父很少固定的收聽一個頻道，儘管那時頻道不多，他還是樂此不疲的一再轉頻道，像啄木鳥一樣挑出不清楚的頻道來「修理」，所謂的修理，完全是瞎子摸象，所以整天我們都覺得那個收音機已到破爛不堪使用的程度，祖母說收音機才買二年。慢慢地祖父修理出心得，收音機也真的陸續出現故障，祖父修理的更勤了，工程也更浩大，通常他會把整個收音機的零件一片片拆開，線路一條條拔掉，再一一安裝回去，有時可能是裝錯線路，連吵雜的聲音也發不出來，祖父的說法是：收音機走「精」了。後來有了電視，祖父也照修不誤，有時視訊不良，經他的手果真清楚許多。晚年，祖父的手很少停歇過，拆拆裝裝的，忙個不停，不知情的人還以為祖父是修電器的。祖父過世後，他的手藝彷彿過繼到父親的手上；物資豐裕，父親有更多的東西可以修理。父親比祖父更進步的地方是，他還會改造、廢物利用，對他而言，除非腐朽到不堪使用，沒有什麼是報廢物；用了十多年，已經無法使用的冰箱，父親拿電鋸鋸掉冷凍庫，冷藏室鋪塊不用的地毯，就成十分舒適的狗舍。父親是DIY的最佳代言人，油漆自己來、車庫也自己蓋。

出國幾天請爸媽來幫忙照顧孩子。回到家屋子煥然一新；父親很得意一個星期的時間，幫我們大掃除還全部粉刷。父母親常來小住，從馬桶、燈具、紗窗、房門到孫女的玩具、腳踏車都是父親修理好的。我想如果父親會開車，汽車廠恐怕也別想賺他的錢。父親一向堅持，能自己做的，為什麼要花錢請人，他常說：「有什麼困難，學就會」。況且，他十分自負自己的手藝，絕對是師父級的。

工欲善其事，必先利其器，父親有一小間自己的工作室，電鑽、電鋸，刨刀，黏劑等一應俱全，連焊接也難不倒他，早上和老人館的老朋友聊天，下午就在工作室、菜圃；屋外幾分薄田，一、二十年來始終荒耕，父親闢了小塊當菜園，隨著孫女長大不需要照顧，母親種植的菜色越來越多，連花生、薑、地瓜都種，最近還興起養雞，一口氣父親搭建了三個雞舍，分別養著大、小和生蛋雞，母親從來不擔心種植或養太多，反正可以送給鄰居，小弟笑稱如果大陸飛彈突然打過來，我們家至少一個月不怕斷糧。

父親翻閱報紙，母親讀周刊，我照例沏茶，切盤水果，開始我們的閒聊。父親大概怕我會拒絕路沖的說法，試著解說我家裡的格局和近來發生的血光之災是有關聯，還特別舉出近來和老朋友組團到外鄉鎮考察風水的實例，他胸有成竹等著我的反駁。我詢問父親明日懸掛鏡子，還有什麼儀式或需要準備什麼？父親有些訝異，隨即非常權威的說：我都準備好了。

父親還準備好明日掛了鏡子，再到大弟那兒，他早就覬覦大弟家裡那些汙損的牆壁。既然上來一趟，總不能只掛一面鏡子。

——選自《第四個房間》，九歌出版社，1995年

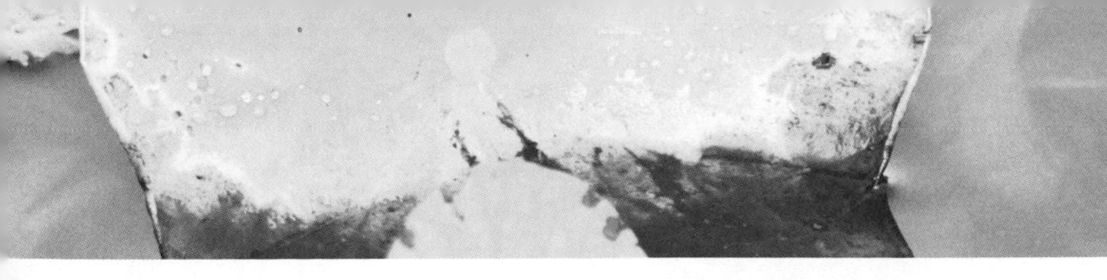

認識 作家

方梓（1957- ），本名林麗貞，台灣花蓮人，文化大學大眾傳播系畢業，國立東華大學創作與英文文學研究所碩士，曾任消基會《消費者報導》雜誌總編輯、文化總會學術研究組企畫，現為自由作家。

方梓寫作筆調活潑、自然流暢，具有記者敏於觀察的精準性，又兼有編輯長於深思的細膩特質，用詞遣字溫潤而不雕飾，與其夫婿作家向陽相互唱隨。方梓出身花蓮農家，鄭清文曾言其「寫自己，寫父母，寫親戚，寫同學，以及許多她熟悉的人。這些人雖然很平凡，都寫得很生動」，方梓自承：「書寫於我最大的動力是記錄，記錄平凡人的生活，記錄父母親的生活，記憶曩昔。」顯見其寫作取材自平凡生活，卻能彰顯其不平凡之處，值得咀嚼再三。著有散文集《第四個房間》及《采采卷耳》等，並有兒童文學《大野狼阿公》、《要勇敢喔》等作品。

作品賞析

本篇〈掛一面鏡子〉寫的是父親對子女的慈愛，也表現出作者寫作的特色，即使是一件再平凡不過的事情，經過作者妙筆，卻能呈現栩栩生動的模樣，活脫脫看見一對父女尋常對話的互動，又瞥見一對父子（父親與祖父）的相處。溫婉動人之情，汩汩而出，毫無矯飾。

作者寫家人近來血光災禍頻傳，父親認為首要關聯在於作者家居的「格局」，這種說法歷來本是玄之又玄，因此文章一開頭，便點出年事已高的父親，「漸漸向未知的天命俯首、屈服，轉化為信念」，因此堅信只要掛上一面鏡子，即能消災去厄。文中寫父親凡事喜歡無師自通，不假手他人，一句「有什麼困難，學就會」，將作者父親及祖父，兼具篤實與智慧的人生，表露無遺。明的是寫動作，隱的是寫人生，甚或蘊藏著生命的睿智。如此筆力，不容小覷！

〈掛一面鏡子〉看來是一個父親疼愛子女的小動作，作者先鋪陳出父親與祖父的慈愛，兼而彰顯生命的智慧，作者分

別由空間與時間的交錯，細細描繪。首先先說明父親相信風水的轉變之因，若仔細探究其間因素，「年齡」（經驗）似是一大因素，其實對子女的慈愛，才是真正的原因。否則依作者所言，其父親年輕時鐵齒不信，此次卻專為消災北來掛上一面鏡子，為的是出嫁女兒「全家大小平安順遂」，這是父愛的顯現。

接著，自「父親不是一座山，老是閒不下來」開始，將「空間」中的父親與「時間」中的父親融合描述。「空間」中的父親，必須與「時間」的祖父合併來看，方知原來寫祖父，亦是寫父親。如同作者所說：「看著父親專心修補東西，總是讓我想起祖父。」眼見父親如此這般，輕易聯想到祖父，更猶如人生的兩照面，父與祖二人分別是對方的鏡子，在彼此間看見了自己，所謂「外貌與性情都最神似」，「祖父在父親的身上看到了自己，一個粗糙的『自己』、一個需要再雕琢的『自己』」，連老年時堅持的「修補」精神，修補器具，種植農作，粉刷牆壁，都同樣精采萬分，令人喝采！

有趣的是，文章最末，還未能完了，顯見尚有未竟大業，「父親還準備好明日掛了鏡子，再到大弟那兒，他早就覬覦大弟家裡那些汙損的牆壁」，全文似在「既然上來一趟，總不能只掛一面鏡子」收束而止，但是明眼的讀者一看便知，接下來這位「老是閒不下來」的睿智老者，還有下一個行動目標，下下一個行動目標，父愛就是這樣永不歇止。

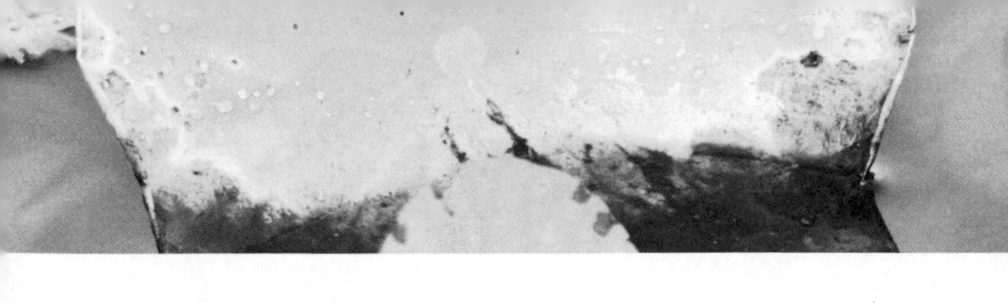

探索 自我

方梓〈掛一面鏡子〉，寫自己的父親為解決大門正對巷道的「路沖」問題，為愛護女兒女婿一家人，所以父親動手在大門口「掛一面鏡子」作為破解。從前的人認為「路沖」是一種禁忌，因為容易發生車子衝撞、隱私難以維護等問題，今天工商時代，「路沖」、三角窗，卻可能是人潮最容易聚集的所在，如「85°C」一定開在面對三條路向的「三角窗」，生意一直保持興旺，成為本土咖啡店重要指標。

因此，請思考：從前屬於禁忌的事，二十一世紀的你認為這些禁忌合理嗎？為什麼？

1. 已嫁之女大年初一不可回娘家

（A）會把娘家吃窮。

（B）婆家有人來拜年，媳婦需要奉茶服侍。

請思考：合理嗎？

2. 大年初一早餐忌吃稀飯、葷食及藥品

（A）窮人家才吃稀飯，吃乾飯預祝整年富有；稀飯多水，預示會淋雨。

（B）年初一早上萬神盛會，神相互拜年，為表對神尊敬不吃葷。

（C）除重病外，一般補品、藥品最好不吃，以討吉利。

請思考：合理嗎？

3. 大年初一忌叫人姓名催人起床

（A）預示對方整年被動，需要人催促做事。

請思考：合理嗎？

4. 大年初一到初五不可午睡

（A）預示整年都會懶惰。

（B）過年期間有很多客人來拜年，睡午覺來不及招待，對客人失禮。

請思考：合理嗎？

5. 過年期間忌倒汙水、垃圾、掃地

（A）會把家裡的財氣掃掉。

請思考：合理嗎？

6. 不可被他人從自己口袋掏取物件

（A）預示財富被人淘空。

請思考：合理嗎？

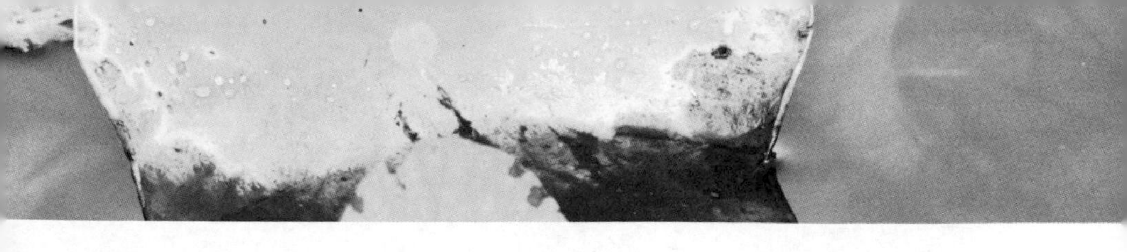

7. 不可向人討債

（A）討債者及被討債者，雙方都會倒楣。

請思考：合理嗎？

是幻想 也甜美

◎蔡詩萍

我必然無從記得每一項關於妳的細節，我親愛的女兒。即便，我那樣疼愛妳，想抓住每個我想捉住的，愛的細節。

做父母的，盡其所能為兒女拍照、攝影，無非都是這心態使然吧。

我跟妳媽媽，應該也拍了不少。卻總嫌不夠。

不是拍得不夠多，而是，相較於跟妳互動的美好記憶，那些拍攝留下的影像，事後翻閱，雖然多少往事層層疊疊的浮現，卻似乎少了點什麼。

我說不上來。比方說，我看到一張抱著妳，在淡水河邊，眺望妳媽咪，妳對她遠遠揮手的畫面。妳還不到三歲，一張臉，略顯圓滾。照片記錄了我們父女倆，某年某月某日某地，拍攝人是妳媽媽。但那天多數的狀態，我不記得了。問妳媽媽，她便回我：哪一天？有嗎？

確實，我們都不太記得當天淡水河岸的很多細節了。

這便是我們記錄往事，難免的缺憾，我們遺漏的，遠比記得的，多太多了。

再如另一張照片。妳在我腿上，一臉飽足後的呆滯。妳才三個月大，喝完奶，為防吐奶，我放妳於我腿上，輕輕替妳拍嗝，一邊拍一邊哼歌。那照片，勾起我較多細節的回顧，並非它很特別，而是，妳喝母乳的前半年，我幾乎每天重複這些動作，扮演奶爸拍嗝的角色。這張畫面，意味了一個階段的成長縮影。我記得清楚，理所當然。可是拍照當時的情景，卻淡了、模糊了，好像我們在一系列重複的夢境裡遊走，到最後，根本搞不清第一次走與最後一次走，究竟有何差別，反正就是走過那裡嘛！

愛的細節，如此弔詭，我記得不少，遺漏更多；而在遺漏之中，不時突然浮起一些片段，使我驚訝，原來我們互愛的細節，並不真的消逝，僅僅是沉浮於日常生活的水平面底下不遠處，稍有機會，便伺機露出，提醒我，別忘了曾經有過的愛。

而曾經有過的愛，有多少是無法記錄的啊！來得太快，太無跡象，我們再想記錄，往往瞬間，消逝了。

兩個妳突然親我的畫面，我沒拍下，亦無從拍下，可我一輩子不會忘記。

妳一歲多時，洗完澡，我幫妳吹頭髮，吹完後，妳驀然回頭，抱住我的嘴，親了一下，然後惡作劇般的表情，跑離我身邊。那動作太快了，我愣了一會，妳媽媽在旁邊，瞪大眼睛看著。我們都無法解釋為什麼，但這愛的親吻，就發生了。

另一次，妳稍稍大了些，兩歲多。我抱妳上車，妳嚷著要到駕駛座上。我放妳於我肚皮上，隨妳把玩方向盤，是妳第一次玩大人車，高興得東搖西晃。然後也是一瞬間，妳回抱著我臉，重重親我的嘴，口水還沾到我臉上。當時只有我們父女倆在車上，我跟妳媽媽講這事，她還笑我，幻想吧。

是吧，愛的細節，無從記錄，僅存於心。別人不能感受，於我呢，一個老爸爸，反覆咀嚼，是幻想也甜美。

——選自《聯合報・副刊》，2009年11月13日

認識 作家

蔡詩萍（1958- ），台灣大學政治研究所碩士、台灣大學國家發展所博士。曾任《聯合晚報》、《聯合文學》顧問、大學講師。2002年中國文藝協會散文創作獎得主。作者興趣廣泛，曾演出舞台劇《非關男女》、《結婚，結昏，辦桌》等，還主持過廣播電視節目，並入圍電視、廣播金鐘獎。

蔡詩萍的散文融合知識、文采與個人閱歷，透過筆端，造就另一番風味的文字之美，包括對社會的體察，城市的摘錄，時勢的評論及文化的針砭。近來作者晉身為「父親」後，作品的抒情性漸有增強，可謂理性與感性兼容。作品有散文集《不夜城市手記》、《男人三十手記》、《男回歸線》、《你給我天堂也給我地獄》、《妳，這樣寂寞》、《蔡詩萍散文精選集》、《Mr. Office歐菲斯先生》，及評論集《誰怕政治》、《騷動島嶼的論述反抗》等。

作品賞析

〈是幻想 也甜美〉寫的是父女之間浩瀚、深沉而親暱的愛。面對自己稚齡的女兒，一派天真爛漫，獨一無二，晚婚的作者頗能領略箇中美好滋味，令作者從此以無數篇章、照片，用心細細刻畫這位「可人兒」。此篇即是這位「老爸爸」在「反覆咀嚼」之餘，對嬌憨的女兒一種「是幻想也甜美」的愛的記憶。

文章裡頭有一段驚人耳目的話語：「愛的細節，如此弔詭，我記得不少，遺漏更多；而在遺漏之中，不時突然浮起一些片段，使我驚訝，原來我們互愛的細節，並不真的消逝。」談到父女之愛，如何透過語言的言說，即能道盡？如何透過照片的留影，即能永恆？在記憶中，一一勾勒的父女間的情意畫面，面對時間流逝無蹤，空間變幻莫測，怕是記憶的要比遺漏更多。因此篇名為〈是幻想 也甜美〉，實則講的是「遺漏」的部分記憶，彷如幻想，卻更為甜美，更令人驚豔！

父母對子女的記憶，依照作者來看，無非就是「想抓住每個我想捉住的，愛的細節」，或者是「盡其所能為兒女拍照、攝影」，以影像的方式，記錄每一個重要時刻，「卻總嫌不夠」。由此讀者可以想見到父母關注兒女的心。在這些「總嫌不夠」的眾多影像裡，縱使經過一段時光的沉澱，似乎還能保有原來的所有記憶與感動吧？但作者漸漸發現，影像「不是拍得不夠多，而是，相較於跟妳互動的美好記憶，那些拍攝留下的影像，事後翻閱，雖然多少往事層層疊疊的浮現，卻似乎少了點什麼」，這耐人尋味的「少了點什麼」就是作者此篇「幻想」的由來。

所以作者明白：感動的剎那，只在於心中，「我們遺漏的，遠比記得的，多太多了」，進一步體悟到：「而曾經有過的愛，有多少是無法記錄的啊！來得太快，太無跡象，我們再想記錄，往往瞬間，消逝了。」那消失的，就是文中令人忍不住也疼惜的小寶貝的天真嬌憨啊！

探索 自我

蔡詩萍〈是幻想 也甜美〉，記述自己女兒一、兩歲時，兩次忽然親吻他，那種錯愕而甜蜜的經歷。這樣的經歷無法及時以相機拍錄下來，雖然被太太調侃「幻想吧！」自己也覺得甜蜜。

微笑、擁抱、拍拍肩膀、親吻臉頰，都是親子之間甜蜜、感恩的親暱行動。年幼時，我們都曾做過這樣的事，要媽媽抱，要爸爸拍，擁抱父母，親吻父母，多麼自然的事！年紀稍長後，為什麼這些都略去了？

一、紀實

請問你是否也有這樣感恩的念頭，卻不曾實際行動？那一次父母尊長為你做了什麼事，讓你忍不住想要擁抱他、親吻他，卻因為一時遲疑而退縮？（不要忘記：細節的描述才是成功的描述）

二、想像

請設想自己已養兒育女，為人父母，這時，孩子怎樣貼心的行為，讓你最感窩心？

三、行動派

紀實的事，記得隨時都可以微笑、擁抱、拍拍父母的肩膀、親吻他們的臉頰，要趕快付諸行動！

幻想將來兒女要做的事，自己今天就實際行動，讓父母也有感動的時刻吧！

我的閤平居

◎楊錦郁

閣平居位在彰化市內著名的二級古蹟孔廟旁，是一處新開的茶藝館，知道它開張時，從台北回去彰化的我，央求已經不太願意外出走動的母親一定要陪我去看看。

我和媽媽緩緩走過市區，踏入過往我們經常路過的荒廢建築，坐在閣平居的屋裡，只見幾位外地來的遊客，好奇地向經營者詢問閣平居的歷史。我們氣定神閒的坐著，什麼也不必多問，因為再也沒有人像我對它那麼熟悉，因為這裡是我的「閣平居」。

「閣平居」由我五歲就讀大成幼稚園時的教室改建成，四十年多年前的大成幼稚園可是遠近馳名，主因是這個幼稚園是公立的，當時，公立幼稚園在全縣僅只一所，它學費低廉，教學優良。這樣一所好的幼稚園是所有家有學齡前兒童的家長們，心中的明星學校。

要進入大成幼稚園，別無旁道，每個小朋友都要參加考試，我還記得很清楚，考試當天所有應試的小朋友魚貫進入一個大教室，接受老師的口考。五、六歲的小孩其實已經懂得緊張了，我記得老師們用國語問我兩個問題，一個是我的名字；一個是家裡的地址。由於先前已在基督教會辦的太平幼稚園讀過一年，所以聽講國語對我並無困難。我就這樣繼哥哥姊姊之後，順利考上了「大成」，當然也成為家裡的榮耀。放榜後，聽大人談論，同一條巷子，一位和我同齡的鄰居女孩落榜，因為她不會講國語。其實，那時彰化的小孩大都不會講國語，後來我進了民生國小就讀，風紀股長每每忙著向講台語的同學罰錢。我小學一年級的導師，因為剛教過姊姊，對我特別關愛。下課時，偶爾會留我在辦公室寫功課。印象中，她常被我的台灣國語，如「老師，她給我打。」搞得啼笑皆非。

雖然講的是一口台灣國語，但比起同齡的幼童還算高明，也因此得以進入「大成」就讀。

後來不知是否因政策因素，「大成」不再招收學生，好長的歲月，校門都是深鎖，我每次經過，總免不了雀躍地對旁人說，那是我的幼稚園，但聽者藐藐，於是我的幼稚歲月便也跟著校門深鎖住。

再次進入我的幼稚園，竟已四十年後，閣平居承租的一方空間，正好是我當時讀第八班的教室。「大成」一年招收八班的幼童，幼童的班別用圍兜上的鈕扣區分，譬如八班的扣子是紅色的，一班是白色，六班是綠色的。四十年之後重新進入自己當年的教室，難免心情雀躍，屋裡屋外四處探望，試坐一下閒置在戶外，以前上課的小椅子，感覺學校不似記憶中那般寬敞。

母親安靜地坐著陪我，她的三個孩子都順利考取公立的幼稚園，不知當時猶是少婦的她，是否感到喜悅，我無從窺探她年輕的心情，只知道姊姊一直掛記一件和「大成」相關的事，並深深遺憾著。當姊姊幼稚園要畢業時，被校方選為畢業生代表致詞，姊姊向母親述說此事，沒受太多教育的母親表示，她沒有能力幫姊姊備稿，加上大家庭中繁重的家務操持，也沒有餘力訓練姊姊的台風，後來，姊姊致詞的機會由另一個小女孩取代，那個女孩的媽媽是國小老師。至於我，因為個性內向，在幼稚園期間並沒有太多出眾的表現，但那時，媽媽已開始讓我學琴，五歲多的我固定坐著三輪車，到幼稚園一個王老師的家中學琴。下雨時，我躲在三輪車椅座，透過塑膠雨布上的透明框，注視踩三輪車中年婦人的圓潤身軀，和雨絲飄灑過的陰霾街景。我一直坐婦人的三輪車去學琴，直到她不再拉車。

媽媽在閣平居坐了一下，開始擔心等一下沒有體力走回家，因為體力日衰，她其實對四處走動視為畏途，若非情感上和「大成」還有些牽繫，怕她更是沒意願來。我攙著她離開閣平居。那也是我們母女最後一次攜手走過彰化市區，走過我們的記憶。

兩個月後，母親過世了。

母親走後，幾個知心的朋友也陸續離開我的城市，在寂寞的心情中，我想著，應該會有新的朋友出現吧，人生不就這樣嗎？絕處總會有另一個契機。

有一天，在新搬遷的辦公室裡，我和一位甫認識的同事移交工作，她忽然告訴我，她小時候就去過我家，她姊姊是我大成幼稚園和民生國小的同班同學，她的阿姨是我的嬸嬸。果真是絕處又逢春，我又有了新的朋友，人生的際遇未免太奇妙。又有一天，她又告訴我，同辦公室一位同事也是我大成幼稚園的同班同學，傳給她一張我們幼稚園的畢業照，並說我的長相和六歲左右沒太大改變，很容易認出，我請她把畢業照轉傳給我。

我懷著又期待又複雜的心情打開那張照片檔，因為年代久矣，黑白的照片已殘缺一角，團體照的下方標識著一行字：「彰化縣立大成幼稚園第十七屆畢業留念」，緊接著在殘破的一角，依稀可辨識出幾個字「五十三年」，照片中約四十個幼童分成四排，穿著整齊的白色滾邊圍兜。最後一旁，站著包括在最中間的園長，總共有十五名女老師，我就站在幼童最後一排的正中央，剛好就在園長的前面。照片中的我，頭髮被母親往後梳攏，露出和母親一樣飽滿的天庭。母親一直覺得我們的額頭很漂亮，從不肯讓劉海覆住，她總說：「女生剪劉海，看起來就像丫鬟！」

我想著年輕的母親每日清晨費勁把我們叫起床，然後再仔細幫我和姊姊綁頭髮。我和母親一樣，髮絲很細，滑溜不易成型，橡皮筋紮太緊，細嫩的頭皮又會受傷，母親在手勁的拿捏上要費一番心。在操持大家庭的繁重家務時，母親必然感覺到為兩個女兒綁頭髮的精神是一種耗損，所以我進了小學之後，她幫我和姊姊剪成短髮，一直到我讀大學，才有機會留長髮。但不愛劉海，喜歡短髮，也成了我的習性。

我仔細端詳照片中的諸位老師，除了園長的面貌外，其它幾位我已不復記憶，但照片中的她們，不約而同露出微笑，每一位的衣著也都清爽典雅，四十多年前的老師們，應是當時的女性知識分子；四十多年後的今天，照片中的老師們也都屆古稀之年了吧！

照片中的同學呢？竟然有人在四十多年之後，又和我在同一辦公室，世界雖大，但人與人之間情分的牽引，又何其微妙。

我常想起鄰居那位和我同齡的女孩，在成長的過程，她在鄰人眼中因未考上「大成」，一直被視為不夠出色，後來她國中畢業後，考上師專，當了老師。當她有了眾人羨慕的職業時，我卻還在大學裡面對著茫茫的未來，有時不免自我解嘲「考上『大成』也不怎樣？」

我凝視著相片中靦覥的自己，想著母親在狹窄的臥房裡為我綁頭髮，母親珍視我飽滿的額頭，想來她一定認為這個小女兒將會是個好命人，母親雖沒受過多少教育，卻天生有一副好嗓子，在爸爸經濟情況稍為許可下，她用心栽培小女兒學琴，年輕的母親，對五歲小女兒的未來，一定有很多憧憬。

大成幼稚園在一直在我們兄妹的記憶中，各占不同的位置。

每次回彰化，經過閤平居時，我總不免會憶起幼稚園入學考試的那天，在一間大教室裡，老師用國語考我，「你叫什麼名字？」「你家的住址？」當時的景像一幕幕清晰浮現，恍如昨日。然後又似乎看到我攙著母親走出閤平居，那是我們母女最後一次攜手走過彰化市區。

——原載《幼獅文藝》，2006年4月號

認識作家

楊錦郁（1958- ），台灣彰化人，銘傳大學應用中文研究所碩士，現就讀淡江大學中文所博士班。曾任出版社編譯工作，並擔任雜誌社、報社特約撰稿人；1995年起任職《聯合報》副刊迄今。作品散見《聯合報》、《中國時報》、《幼獅文藝》等，曾獲中興文藝獎章、中山文藝創作獎。

作者擅長於敘事，風格清新而能見真情，淡而有味，作家劉克襄盛讚其作「溫文情愫所蘊育的素樸風貌」，並藏有「一種真摯、平淡的生活書寫力量」，「安於扮演著角落的花瓶，寂然地發聲，持續一巨大安靜的美學。」因而經營出情采兼備的散文作品，鋪展內外雙修的人生，文類以散文為主，兼及報導寫作，著有散文集《深情》（與李瑞騰合著）、《記憶雪花》、《遠方有光》、《穿過一樹的夜光》等。

作品賞析

〈我的閤平居〉寫的是女兒對逝世母親的懷念。對於沒有受過太多教育、長年操持繁重家務、「無從窺探她年輕的心情」的母親，作為一個女兒又如何懷念？作者以其擅長書寫的童年回憶，道出其所就讀的幼稚園，引出對母親的點點回憶。

作者由一間新開張的茶藝館「閤平居」寫起，遠從台北回到故居彰化老家，央求已經不太願意外出走動的母親一定要陪作者去看看，作者與母親就這樣「緩緩走過市區，踏入過往我們經常路過的荒廢建築，坐在閤平居的屋裡」。雖然身處在眾聲喧譁的茶藝館中，作者與母親卻能「氣定神閒的坐著，什麼也不必多問，因為再也沒有人像我對它那麼熟悉」，因為這間茶藝館是作者小時就讀的「大成」幼稚園所改建。於是時間、空間都回到四十餘年前，作者的幼稚園時期。作者叨叨絮絮將就讀此幼稚園所帶來的「榮耀」，母親要她學琴的堅持，鋪敘在我們眼前，顯示出母愛的深厚與堅持。

當作者稍長，母親又特別珍視其「飽滿的額頭」，憧憬未來這個小女兒將有不同凡響的命運，而用心栽培。因此回思過往年輕的母親，是如何以生命愛護著子女，在細細梳綁長髮當中，在堅持不讓劉海覆住飽滿額頭裡，母親涓滴的愛，流向子女的成長大海，不求回報。直到作者母親逝世的前二個月，體力衰退得厲害，視所有走動為畏途，何況是走過彰化市區、到子女幼時所就讀的幼稚園呢？作者心中明白，「若非情感上和『大成』還有些牽繫，怕她更是沒意願來。我攙著她離開閤平居。那也是我們母女最後一次攜手走過彰化市區，走過我們的記憶」。

文章的前、中、後都出現作者描寫與母親攜手走過市區，因為這樣的「走過」，不斷在作者腦海中出現，是與母親共同走過的過往，也是與母親共同走過的人生，母女情緣，聚散終有時，但對作者而言，如同幼稚園口考那一天般，那美好的記憶永遠不會走失。

探索 自我

一、古蹟和腳印

楊錦郁〈我的閻平居〉，回憶的是自己幼稚園的生活情境，母親如何細心呵護的歷程。看看她入幼稚園的口試，那是人生最初的口考題目：你叫什麼名字？你家住哪裡？你爸爸叫什麼名字？媽媽呢？

其實，成年以後再想想，人生如果也有口考，問的也一樣是這些題目，「你叫什麼名字？」問的是你在這個社會留下什麼名聲？「你家住哪裡？」問的是你榮耀了你的鄉里嗎？「你爸爸叫什麼名字？媽媽呢？」問的是你榮耀了你的父母嗎？

文章中提到彰化「孔子廟」是二級古蹟，你知道家鄉附近有什麼建築物是一級古蹟或二級古蹟，是國定或縣定？你曾經去走走、看看嗎？你與它有什麼記憶連結？

有，我家附近有古蹟、有值得保存的古建築，有民眾信仰中心的寺廟、教堂，我的印象是：

二、古蹟和足跡

「古蹟」和「足跡」的「ㄐㄧ」寫法不同，注意到了嗎？請辨識下面容易混淆的字詞：

1. 報復／抱負

（A）對於未來的人生，你有什麼樣的（　　）？

（B）時時想著如何（　　）對方，其實是很累人的事。

2. 發憤／奮發

（A）新年伊始，春天剛來，他決心（　　）讀書，考取好學校。

（B）知道（　　）努力的人，所有的挫折都可以將它變成助力。

3. 震動／振動

（A）看了這一齣感人的戲劇，我的心弦也跟著（　　）不已。

（B）棒球球員打假球的消息傳出後，（　　）了體育界，危及台灣棒球未來的發展。

4. 豎立／樹立

（A）他拾金不昧的行為，為我們（　　　）了最佳的典範。

（B）我們家三合院西邊的稻埕上（　　　）著象徵榮耀的旗杆。

5. 預定／預訂

（A）今年濁水溪詩歌節，（　　　）在十月二日開幕。

（B）母親節前一周如果沒（　　　）餐廳席位，想要在母親節當天請媽媽吃飯，往往找不到合適的地方。

開天闢地是母親

◎張曼娟

親愛的阿靖：

未成年事務所開業一整年，到了結業這一天，熄燈之前，我想談的是母親，是我們生命的最初。

從讀者變成朋友，認識十年的桑桑寄給我的e-mail裡，記敘了她的一場夢：「我作了一場彩色的世界末日夢，我抱著晴晴躲過席捲而來的海嘯，閃過貌似尼斯湖水怪的水龍襲擊，衝往山丘上的車站雜貨鋪，把我可以負荷的乾糧礦泉水統統塞進我剛買的粉紅背包，打了一通電話給工作中的老公，他卻說我這邊沒事啊！我說怎麼辦，我還留了一個孩子在家裡沒帶出門（？？？）。我繼續抱著晴晴往綠色的田野間奔跑避難，田間不時有地雷爆炸……」她只有一個女兒晴晴，不可能還留了一個孩子在家裡。但，她若跑回家去，可能會發覺留在家裡的那個孩子，竟也是晴晴。一個母親，無論多麼努力，依然覺得沒辦法將孩子保護得完好安全。桑桑自己分析，或許是因為近來發生了那麼多災難和疾病，以及許多不可預知的潛伏在生活中的危險，使她醞釀了這樣一場末日夢。

我記得許多年前，當我還是一個小孩子，瘧疾之類的病藉著蚊子傳染流行，家家戶戶展開滅蚊大行動。某個爺爺值班的夜晚，奶奶帶著我和你的父親聽廣播、玩遊戲，忽然，一隻蚊子從我們身邊飛過，停在天花板上，奶奶找不到可以攀爬的東西，她瞬間站上一個玻璃小茶几，襲擊那個可能會襲擊她的孩子的敵人。命中目標，同時，玻璃被踩破，奶奶從茶几上摔下來。我一直記得這一幕，年輕的奶奶，毫不遲疑的攀上那在幾秒鐘之後碎裂的玻璃片，為的是保護她的孩子。

這印象深深影響了我，讓我知道自己是這樣被愛著，我必須讓自己值得愛。縱使不是一個母親，我也願意為我愛的人毫不遲疑的付出。

親愛的阿靖，母親是我們最初觸碰的世界，當我們誕生，被擁抱在懷中，便已能感知到她的悲喜。因為兒女，母親承擔著巨大的焦慮與憂傷；也因為兒女，母親有了開天闢地的神奇能力。從母親身上，我們學習到最重要的事——對生命的戀慕與禮讚，對未來的熱情與付出。無悔無怨。

姑姑

——選自《聯合報・副刊》，2009年9月7日

認識作家

張曼娟（1961- ），台北人，祖籍河北省豐潤縣，東吳大學中國文學博士，現為東吳大學中國文學系教授。曾獲「全國學生文學獎」小說首獎，教育部「文藝創作」小說第一名，「中華文學散文獎」第一名及中興文藝獎章。1985年以第一部作品《海水正藍》初試啼聲，即造成旋風，成為當代華文文學中閃亮的名字。1988年，出版第一本散文集《緣起不滅》，亦廣受矚目。

張曼娟作品種類繁多，有短篇、長篇小說、散文、隨筆、雜文、藏詩卷，並出版有聲書籍。在寫作與教書外，涉獵領域極多元，擔任電視與廣播節目主持人，成立文學創作工作室「紫石作坊」；近年來致力於小學作文寫作教學，成立「張曼娟小學堂」。著作成果驚人，有《海水正藍》、《笑拈梅花》、《天一亮，就出發》、《你是我生命的缺口》、《愛情詩流域》、《時光詞場》、《花開了》、《看我七十二變》等書。

作品賞析

〈開天闢地是母親〉寫的是母親對子女無怨無悔的愛。透過華文世界第一筆的張曼娟，娓娓道來，情感溫暖，字字句句都深入人心。作者以姑姑的身分寫給姪子，由母親的愛，了解到自己的被愛，進而「讓自己值得愛」，更進一層境界是要能「願意為我愛的人毫不遲疑的付出」，甚或悟到「對生命的戀慕與禮讚，對未來的熱情與付出」。

作者由一位讀者的夢境、祖母擊蚊的例子，點出發人深思的生命議題，顯見其文字穿透力之強，感染力之鉅！全篇文章不長，一開始作者便表明要談談母親，這是我們「生命的最初」，也是我們來到世界的第一個接觸到的人，所以她「是我們最初觸碰的世界，當我們誕生，被擁抱在懷中，便已能感知到她的悲喜」，母親對於子女，關係密切，無可置疑。也因為身為「母親」這樣一個普通角色，使得一介平凡女子，成為擁有神奇力量的不平凡人物，她可以無視周邊巨大的橫禍與變動，「承擔著巨大的焦慮與憂傷」，洞悉窮途末路如何應急權變，而擁有了「開天闢地的神奇能力」。

最動人的是，作者由所有「母親」的身上，看到這種無比的慈愛與力量，因而自我提醒，務必使自己「值得愛」，還不忘警醒讀者，對生命的戀慕與禮讚，對未來的熱情與付出，這種關愛自己、努力付出的觀點，乃是生命教育最優異而優雅的典範。

探索 自我

林文義的〈東引家書〉，是一封以散文寫好的家書，省略了最前面的名字、稱謂及後面的署名，但我們閱讀以後都知道這是父親寫給兒子的信。張曼娟的〈開天闢地是母親〉很明顯也是一封家書，前有稱謂「親愛的阿靖」，後有署名——自稱「姑姑」，這是她寫給姪兒的信。

信是表達情意最直接有效的方法，特別是在時空阻隔的情況下，時間上來說，孩子上學時父親還未起床，父親下班後孩子已入睡，這時需要信件來傳達；空間上來說，父母親、祖父母也可能因為跟孩子住居地不同而阻隔，這時也需要信件來傳達。當然，電話、MSN、facebook、e-mail也有傳播信息、聯絡感情的效能。但是就「感動」力量而言，一封親手寫的書信卻是最具威力的。

因此，請想想怯於表達的我們，是不是曾經一時的矜持、氣憤、惱怒、無知，犯下錯誤，或者應該說謝謝的時候卻又疏於表達感恩的心情，請以反思的心，檢討自己，寫一封信，向祖父母、父母，表達我們的思念、感激、懺悔，文章不一定長，兩三百字、四五百字都可以，只要是發自內心、發自真誠，它都可以傳達情意、溝通誤會、增進感情。開頭當然是「親愛的祖父（祖母、爸爸、媽媽）」，最後署名「最愛您的孫子（孫女、兒子、女兒）」（再加簽名）。

請利用後面空白處打好草稿，再謄到信紙上，郵寄或留存在他們容易發現的地方，如果他們已經到了天堂，也可以在夜空下默禱再焚寄。

親愛的

____

____

____

____

最愛您的

____

年　　月　　日

____

親愛的阿公：

最愛您的

年　月　日

親愛的 爸爸
媽媽：

最愛您的

年　月　日

情深路遙

◎曾郁雯

時序入秋，翻開雜誌，彷彿所有的時尚都同步換季。我像隻倦鳥，停棲在香港灣仔國際會議中心，窗外的維多利亞港，比海水更藍。

會展中心建在填海而來的海埔新生地上，展翅的新翼大會堂因而擁有絕佳的觀景位置。隔著挑高落地窗，眺望對岸的九龍，秋日午後，風平浪靜，天星小輪，迎波穿梭；港島，難得的安靜。

每一次到香港都是為了工作，忙完了才是自己的時間。這顆東方之珠歷經滄桑，不論換上哪種旗幟，永遠力爭上游，非得搏上一搏不可。統治者和旅人來來去去，香港，為他們變換不同的容顏。

一路南飛，從雲上到港灣，心中惦記著剛剛失戀的妳，該如何告訴妳，一旦墜入愛河，就已經埋下分離的種子？有些人在相遇的那一刻，就知道此生將永遠錯過。

大三即將結束前，有位理工學院的學長約我見面，盛夏的文學院欖仁樹下，這位即將出國留學的男子，說他最喜歡看我騎腳踏車，迎風馳騁在椰林大道的模樣！雖然已經偷偷看了一整年，卻不敢表白。因為他認為一旦分隔兩地，遠距離戀愛不易成功，而且對我也不公平。卻因下個月就要離開台灣去美國留學，還是忍不住傾吐衷情，以免遺憾。

他說：「謝謝妳讓我擁有幸福的感覺。」

多麼典型的台大男生，聰明、自負，卻敵不過命運，我甚至不記得他的名字。但對於那些曾經愛過，或被深愛過的人，都要感謝他們曾經讓我們擁有幸福的感覺。

如同往年，我到香港都設法抽空和平路阿姨小聚。今年我們約在香格里拉的龍蝦吧午餐，因為她認為這裡是全香港最漂亮的餐廳。一盞盞湛藍的琉璃水晶燈與細長的落地窗櫺相互輝映，搭配不同款式花色的沙發、靠墊，繁複多變，層次分明，足見設計師功力不凡，果真名不虛傳。

平路阿姨一襲蘋果綠短皮衣，黑短裙，秋意盈身，溫溫婉婉笑著，細細柔柔說話，一餐飯吃到四點鐘才結束，趕在展覽結束前送我回會展中心。

這些年她外放香港，在光華中心猶如打戰，辦書展，大陸也要另外弄個簡體字版一較高下。白天再忙，夜裡她就在淺水灣宿舍靜靜寫作，她說雖然與最親愛的家人分開，但同心而離居，未嘗不是另一種幸福。

因為分開，更加想念，想念對方的好，期待下一次的相聚。告別一段戀情，亦要學會記得對方的好，期待下一次更美好的相逢。愛，不要計較雙方的給與；愛，是來豐富彼此的生命。

結束忙碌的行程，回到飯店房間，咖啡桌上擺著小蛋糕和卡片，體貼的經理在龍蝦吧聽到平路阿姨祝我生日快樂，也安排了小小的驚喜！夜黑如墨，萬家燈火是旅人的歸處。遠方的妳是否一如往昔，聽著音樂入睡？

我想起妳的周歲生日，外公外婆特地從三峽跑到新竹為第一個孫子過生日，還送妳一件絲絨小披肩當禮物。那件橘紅色披肩，只釘一顆金色的大鈕扣，是姨婆親手所做，細緻的絲絨泛著華麗光影，穿在剛會走路的妳身上，漂亮得不得了。

後來那件美麗的披肩，隔月回三峽祖師廟看賽豬公的時候就弄丟了。我心疼了好久，常常拿著照片跟妳說這個故事，當時的妳太小，毫不在乎，現在的妳，大概能深深體會那種心疼的感覺。心痛過就好，丟了就丟了，人生還會遺失更多華麗的袍子。但願所有的憂傷如昨日流水，一去不復回；每天醒來，都感覺重生的喜悅，天天生日、天天快樂。

親愛的女兒，路，還很遙遠，但有深情相伴，我們可以慢慢地、慢慢地一起走。

——原載《聯合報・副刊》，2006年12月25日

認識 作家

曾郁雯（1963- ），台灣大學歷史系畢業，是知名作家兼珠寶設計師，獲有美國寶石學院之研究寶石學家（G.I.A-G.G）資格。曾主持《火線聊天室》、廣播寶島新聲《幸福進行曲》、中央廣播電台《郁見幸福》等節目。

作者專精珠寶之外，還能優游於文學創作，寫作風格傾向溫暖，讀之令人感覺幸福，並擅長以細膩感性的文字，描繪人性各種幽微的面向。作品風貌多元，著有散文《鯨魚在唱歌》、《今天是幸福日》、《京都之心》，傳記《戲夢人生 — 李天祿回憶錄》，記錄國寶級藝人李天祿的真情軼聞，小說集《愛情是毒藥》、電視小說《阿足》，及珠寶相關書籍。1999年以創作歌詞〈幸福進行曲〉榮獲第36屆金馬獎最佳原創電影歌曲，同時以《天馬茶房》獲最佳電影原著劇本提名。

作品賞析

〈情深路遙〉是身為母親的作者，寫給女兒的深情書，旨在點醒女兒深情相伴的幸福，縱有錯過，也要感謝那種曾經「擁有幸福的感覺」。

文章開頭寫作者因工作需要至香港停留，這樣的倦鳥短暫停棲，一路南飛，從雲上到港灣，無論工作行程如何，心中卻惦記著剛剛失戀的女兒。身為母親，如何與剛失戀的女兒談「愛情」呢？面對年輕的生命，面對早逝的戀情，或者面對敏銳易感的女子，所有的言語都不足以補足失戀的缺口，也無由化解失戀所帶來沉沉的黑洞。因此作者自問：「該如何告訴妳，一旦墜入愛河，就已經埋下分離的種子？有些人在相遇的那一刻，就知道此生將永遠錯過。」愛情有合有離，緣分有深有淺，本是歷來不變的，然而不對的時間與人物，終將會「永遠錯過」。這就是作者要點撥女兒的前提。

明白「相遇的一刻即注定會永遠錯過」，那麼，「幸福」感才會發自內心而產生。作者以自身奇特的經驗來談，不知不覺的被暗戀著，男子不願有遺憾而表白，但是卻注定錯過，時空的交錯與洗禮，早已遺忘姓名。但他當年的「謝謝妳讓我擁有幸福的感覺」，卻是畫過時空的箴言，幾可奉為圭臬。作者肯定無論如何愛過或被愛過，都要「感謝他們曾經讓我們擁有幸福的感覺」作為送給女兒的一句寶典。

接著作者談到「同心而離居，未嘗不是另一種幸福」，期待著與家人相聚，想念對方的好，並且強調「愛」是來「豐富彼此的生命」，若無這樣的襟懷，那麼這些「愛」都顯得蒼白而多餘。而且所謂獨一無二的，都有可能會有丟失的一天，作者提醒女兒，「丟了就丟了，人生還會遺失更多華麗的袍子」，只是要記得一路的幸福，以及家人一路的深情。全文以母親對女兒的諄諄誘導，以母親過來者的經驗分享，感情與書寫均極細膩，彰顯母女深情、連心的那份美。

探索 自我

《新約聖經・哥林多前書》13章1-8節，有一段「愛的真諦」，頗值得所有的人思考、學習，時時謹記在心、付諸行動。條列如次：

愛是恆久忍耐，又有恩慈；

愛是不嫉妒，愛是不自誇，不張狂，不做害羞的事，

不求自己的益處，不輕易發怒，不計算人家的惡，

不喜歡不義，只喜歡真理；

凡事包容，凡事相信，凡事盼望，凡事忍耐。愛是永不止息。

羅大佑作詞、作曲、編曲的〈愛的箴言〉，則是許多人熟悉的流行歌曲：

我將真心付給了你　將悲傷留給我自己

我將青春付給了你　將歲月留給我自己

我將生命付給了你　將孤獨留給我自己

我將春天付給了你　將冬天留給我自己

……

在〈情深路遙〉這篇文章裡，曾郁雯說：

愛，不要計較雙方的給與；

愛，是來豐富彼此的生命。

《聖經》說的是人類的大愛，羅大佑與曾郁雯寫的是男女之間的情愛，但是，如果以「親情之愛」來代換，卻也完全正確，如羅大佑的歌詞：「我將真心付給了你／將悲傷留給我自己」，如果想成「父母將真心付給了我們，將悲傷留給他自己；父母將青春付給了我們，將歲月留給他自己；父母將生命付給了我們，將孤獨留給他自己；父母將春天付給了我們，將冬天留給他自己。」是不是更為真切！

因此，請深自體會父母之愛、兄弟姊妹之愛、朋友之愛、師生之愛、大地之愛，寫出你的感受：

愛，______________________________

愛，______________________________

愛，____________________

愛，____________________

愛，____________________

愛，____________________

國家圖書館出版品預行編目資料

溫馨的愛：現代親情散文集 / 蕭蕭、王若嫻主編
--初版. -- 臺北市：幼獅, 2010.04
面； 公分. --（智慧文庫）

ISBN 978-957-574-772-5（平裝）

855 99004692

・智慧文庫・

溫馨的愛：現代親情散文集

編　　著＝蕭蕭、王若嫻
出 版 者＝幼獅文化事業股份有限公司
發 行 人＝李鍾桂
總 經 理＝王華金
總 編 輯＝劉淑華
副總編輯＝林碧琪
主　　編＝林泊瑜
美術編輯＝李祥銘
總 公 司＝10045台北市重慶南路1段66-1號3樓
電　　話＝(02)2311-2836
傳　　真＝(02)2311-5368
郵政劃撥＝00033368

印　刷＝崇寶彩藝印刷股份有限公司
定　價＝200元
港　幣＝67元
初　版＝2010.04
三　刷＝2018.06
書　號＝986231

幼獅樂讀網
http://www.youth.com.tw
e-mail：customer@youth.com.tw
幼獅購物網
http://shopping.youth.com.tw

行政院新聞局核准登記證局版台業字第0143號

幼獅文化公司／讀者服務卡／

感謝您購買幼獅公司出版的好書！
為提升服務品質與出版更優質的圖書，敬請撥冗填寫後（免貼郵票）擲寄本公司，或傳真（傳真電話02-23115368），我們將參考您的意見、分享您的觀點，出版更多的好書。並不定期提供您相關書訊、活動、特惠專案等。謝謝！

基本資料

姓名：……………………先生／小姐

婚姻狀況：□已婚 □未婚　職業：□學生 □公教 □上班族 □家管 □其他

出生：民國……………年……………月……………日

電話：（公）……………（宅）……………（手機）……………

e-mail：……………………

聯絡地址：……………………

1.您所購買的書名：**溫馨的愛**：現代親情散文集

2.您通常以何種方式購書?：□1.書店買書 □2.網路購書 □3.傳真訂購 □4.郵局劃撥
（可複選）□5.幼獅門市 □6.團體訂購 □7.其他

3.您是否曾買過幼獅其他出版品：□是，□1.圖書 □2.幼獅文藝 □3.幼獅少年
□否

4.您從何處得知本書訊息：□1.師長介紹 □2.朋友介紹 □3.幼獅少年雜誌
（可複選）□4.幼獅文藝雜誌 □5.報章雜誌書評介紹……………報
□6.DM傳單、海報 □7.書店 □8.廣播(　　　　)
□9.電子報、edm □10.其他……………

5.您喜歡本書的原因：□1.作者 □2.書名 □3.內容 □4.封面設計 □5.其他

6.您不喜歡本書的原因：□1.作者 □2.書名 □3.內容 □4.封面設計 □5.其他

7.您希望得知的出版訊息：□1.青少年讀物 □2.兒童讀物 □3.親子叢書
□4.教師充電系列 □5.其他

8.您覺得本書的價格：□1.偏高 □2.合理 □3.偏低

9.讀完本書後您覺得：□1.很有收穫 □2.有收穫 □3.收穫不多 □4.沒收穫

10.敬請推薦親友，共同加入我們的閱讀計畫，我們將適時寄送相關書訊，以豐富書香與心靈的空間：

(1)姓名……………e-mail……………電話……………

(2)姓名……………e-mail……………電話……………

(3)姓名……………e-mail……………電話……………

11.您對本書或本公司的建議：

廣　告　回　信
台北郵局登記證
台北廣字第942號

請直接投郵　免貼郵票

10045　台北市重慶南路一段66-1號3樓

幼獅文化事業股份有限公司

請沿虛線對折寄回

客服專線：02-23112836分機208　傳真：02-23115368

e-mail：customer@youth.com.tw

幼獅樂讀網http：//www.youth.com.tw